現代女性作家読本 別巻——②

西 加奈子

KANAKO NISHI

立教女学院短期大学 編

鼎書房

はじめに

二〇一〇年一一月一九日、立教女学院短期大学「日本近代文学セミナー」の授業に、作家西加奈子さんを迎えて『きいろいゾウ』の発表を行いました。そこから、生れたのが本書です。

本書は、立教女学院短期大学教員、在学生、卒業生を主な書き手としています。第一部は、セミナーでの発表した『きいろいゾウ』を、第二部ではそれ以外の作品を扱っています（作品発表順）。

西加奈子さんは、特に若い女性に人気の高い作家です。『現代女性作家読本　別巻①』の鷺沢萠さん同様、若い女性たちが、現在進行形の若い作家をどう読むのか、をまとめることは今後の研究にとても意義のあることだと考えます。

立教女学院短期大学は、英語科・幼児教育科の二学科で、日本文学科があるわけではありません。ですが、そのことが、本書の価値を低めることにはなりません。むしろ、本来、文学がそれを研究するものたちのものだけではないことを示せたように思います。

本書の読者に、西加奈子作品、また、立教女学院短期大学と〈つながる〉こと、の〈こうふく〉が伝わることを願っています。

目次

目次

西 加奈子を読む

目次

『きいろいゾウ』を読む

物語以前
（戦争・ない姉ちゃんの死・絵本きいろいゾウ・彼女の子ども）

物語①　夏　輝やく月、ツマと、ムコをつないでいる。

物語② 秋 それぞれの夫婦。弱まる月の力。

物語③ 冬 大地に着地したツマとムコ。

夫婦の姿――『きいろいゾウ』――日本現代文学セミナー

『きいろいゾウ』（小学館、06・3）は、ツマ（妻利愛子）とムコ（武辜歩）という名前の若い夫婦が、東京を離れて田舎で暮らす日々が淡々と描かれた物語である。〈ちっぽけな夫婦の大きな愛の物語〉（単行本帯）であり、〈夫婦の絶望と不安、そして希望と再生〉（多賀幹子「潮」06・6）の物語である。『きいろいゾウ』描かれた世界は、夫婦の〈日常〉である。その〈日常〉は、夏から秋、秋から冬という季節の移り変わりのなかに描かれていく。

作品の冒頭と結末には、ムコが書いた〈必要なもの〉のリストが挙げられている。その〈必要なもの〉とは、〈朝食のトマトと岩塩〉、〈コーヒーを煎るにおい〉といった〈日常〉的なもので、それらには、毎日を丁寧に過ごしている感じが伝わってくる。それらは作品のいたるところに散らばっている（図、物語①～③は、季節の移り変わりと、二人を取り巻く〈日常〉、〈必要なもの〉を物語展開にそって散りばめた）。

多賀幹子は『きいろいゾウ』を〈二十代の作者が夫婦愛をテーマに描いた作品〉（「潮」06・6）と概括しているが、ではここで言う〈夫婦〉とは一体どのようなものなのだろうか。

一般的な新婚夫婦の持つ新鮮な愛情表現というものは、この物語のムコとツマには見当たらない。ツマがムコの日記を読んでいるかもしれないということをムコはツマに確かめることができない、ツマもムコにムコが背負う刺青（過去）を聞くことができない。二人は信頼関係を築けていないのだ。解釈は様々だろうが、夫婦とは、他人が家族になることだとしたら、二人はまだ家族ではない、という言い方ができるかもしれない。とすると、この物語に描かれた〈夫婦〉とは、若い二人がいわゆる《夫婦》という関係を模索し構築していく姿であるだろう。

では、この二人が夫婦になるために、どんなプロセスを踏んだのだろうか。まず、信頼関係を築く障害となっているのは、ムコとツマそれぞれが持つ心の闇である。ムコは死んでしまった従姉の〈ない姉ちゃん〉や昔の彼女との過去にとらわれて生きている。これを象徴するのが、ツマに読まれているかもしれないが確かめることもできずにいる日記、そして内容が示されないムコの小説、また、彼の背中で羽ばたく鳥の刺青だ。一方ツマも、ムコとの結婚を父親に反対されていたし、持病である心臓病についてムコに話していない。ツマの心の闇を象徴するのが、作品中に登場する絵本の『きいろいゾウ』なのだ。その中に出てくる体の弱い女の子と幼少時に心臓病だったツマ、そして動物と会話ができる、幽霊が見えるといったツマの特殊能力が心の闇に関係している。

また、西加奈子の作品の中でも、『きいろいゾウ』には、とりわけ擬音語が多用されている。作品中の擬音語は主にツマの耳に聞こえた音を文字化していると考えられるのだが、例えば、〈ぎーぎーぎー〉、〈しゅんしゅんしゅん〉、〈りりりりりり〉と虫の鳴き声や、生活音を擬音で表している。他にも、オスのチャボ、コソクの叫び声を〈ギャーレー!〉と表現しているところにはツマの個性が感じられる。これはツマの精神的な幼児性や感情の言語表現の稚拙さが表れている。つまり、擬音語は、お互いに話さない、共有しない、信頼できていないという二人の関係性が見てとれるだろう。彼らは傷つくことを恐れているのだ。

特にツマは、大人になりたくない、子どものままでいたいという感情を持っており、それは〈ピーターパン症候群〉にあてはめることができるだろう。このピーターパン症候群とは、「いつまでも大人になりたくない」という願望が強く、社会との関わりが持てなくなり、その結果、責任感や決断力が持てず、社会に適応できない、という症状のことである。作品には直接登場してこないが、〈必要なもの〉リストには、〈お香「ピーターパン」のにおい〉が挙げられている。「ピーターパン」（Sir James Matthew Barrie『小さな白い鳥』1902）の物語をなぞるなら、この作品は、子どものムコとツマが冒険をへてネバーランドを脱出し、大人の〈夫婦〉になる物語だと読むことができるだろう。

ここで注目したいのは、直接ムコとツマ本人たちが向き合って問題を解決しているわけではない、ということである。その解決には、他の夫婦たちや、月を強く印象付ける絵本の存在が関わってくるのだ。

まず、アレチさん・セイカさん夫妻。アレチさんは、戦時中の体験を抱え生きている。セイカさんは日常生活を送るにあたってやや支障がある程度の〈ボケ〉であるため、アレチさんがセイカさんを介護している。アレチさんがセイカさんのことを大切に思っている（愛している）ことが分かる表現は何度か出てくるが、同じように、セイカさんがアレチさんをどのように思っているのかを読み取れる表現は一度も出てこない。

また、平木直子とその暴力夫、障害のある子どもを持つムコの昔の彼女とその夫。加えて、漫才コンビつよしよわしも、漫才コンビも〈夫婦〉として捉えることができるだろう。

登場する夫婦たち、そのいずれもがそれぞれ過去や現在に至って問題を抱えており、幸福な夫婦だとは言いがたいものがある。しかし、アレチさんは〈荒地て、名前がいけん〉と農作物が育たないことを嘆くが、セイカさんを大切に思うアレチさんにとって、セイカさんはその〝荒地〟にたったひとつ実る〝青果（成果）〟だと言えるだろう。

また、平木直子がツマに〈夫婦ゆうのんは、やっぱり占いやなんかじゃあ、分からんの。……私は、殴られて、蹴られて、皆に不幸や言われて、あんたらにも痣ぁ見られて、でもな、ずっと、ずーっとあん人とおる。ずーっと。ずーっと。……ああ、私はこの人と、これからもずーっとおりたいと思うんよ。〉と〈夫婦〉の在り方を語る。平木もまた、自分たち夫婦の生き方を開き直って、肯定している。コンビ別れしていた、つよしよわしも再会をはたし、再公演を成功させる。それは、ツマとムコに力を与えている。

また、ムコの昔の彼女とその夫の夫婦は、第三者であるムコが介入することで救われ、アレチさんはツマを介して、女の人（裏山をさ迷う幽霊）と会うことで救われる。それらの出来事によって、ムコとツマ自身が救われていく、という構図が作品にはある。つまり、ツマとムコは、直接向き合うということはないものの、他の〈夫婦〉を介して関係をつくっていっているのだ。

さらに、二人を繋いでいるのは、絵本の存在である。絵本はツマの心の中にあるもので、つまりツマの心象風景である。絵本に登場する〈おんなのこ〉は、体が弱く、孤独で、動物の声が聞こえる、ツマと同様の存在である。また、ツマがムコにゾウと同じように自分を救ってほしいと考えていること、そしてその役割をムコも自覚していることから、ゾウはムコに重ねられるだろう。しかし、ムコも孤独で心に傷を持っていることからムコは〈おんなのこ〉にも当てはまる。では、ゾウは何を表しているのだろうか。ゾウは、〈おんなのこ〉、つまりツマとムコに様々な世界を見せ、経験させてくれる存在である。だとすれば、ゾウは、他の夫婦たちなど登場人物すべてを表している存在だろう。

ムコもツマも、絵本で〈おんなのこ〉とゾウがピラミッドにあがり、大きなお月様を見て、〈おつきさまが、まるでたいようみたいに明るいね〉と言う場面を最も印象的に記憶している。絵本の影響か、月はふたりにとって絵本の外でも大切な存在となっている。妻は月に圧倒的に支配されており、月の満ち欠けに感情を大きく左右されている。ムコはそんなツマを理解し、それが二人の出会いのきっかけともなっていた。二人が、お互いのことを強く考えるときは、月を見ている。お互いの心をさらけださない夫婦にとって、月は間接的に相手を知るための重要なアイテムとなっている。

また、二人の関係は季節によって変化している。闇と光、つまり陰と陽がはっきりとしている。また、ツマとムコは月だけではなく、太陽に対しても強い気持ちを抱いている。太陽は、二人の大好きな夏を連想させ、自分たちの存在を示す影をくっきりと映している。だからこそ、太陽が強く照る間（夏）は、お互いの闇に触れずとも生活していけたのである。だからこそ、太陽の力が弱まる冬になっていくにつれ、目をそらしていた二人の課題に立ち向かわなくてはならなくなったのだ。

絵本の結末は、ふわふわと飛んでいた〈おんなのこ〉とゾウは、地上に戻ることを決め、ゾウは自ら魔法を捨て、灰色の普通のゾウになり、草原に帰る。ツマとムコも、地に足が付かず不安定だった状態から様々なものを見て周囲と助け合うことで、ようやくあるべき場所に着地することになる。この《地》とは、大地君を表しているだろう。大地君は、ツマとより関わることでツマとムコを結びつける役割を果たしている。また、大地君の行動により、読者は二人が絵本で繋がっていることを知るのである。大地君は作品と読者をつなぐ存在でもあるのだ。このように、現在の人々、そして過去の人々との関わりによって、『ピーターパン』のウェンディがそうであったように、ムコとツマは子どもの世界であるネバーランドを後にし、大人の夫婦となる。しかし、物語はいつも私たちの側にある。絵本や小説を開けばいつでも、灰色のゾウにも会うことができることを私たちに教えてくれている。

結末の〈必要なもの〉に〈ぼくのつま〉が加えられたのは、夫婦になっていく過程でツマの存在が必要なものだとムコ自身が強く実感し、そしてそれが日常となったことを証明しているのである。

だからこそ、ムコは東京からもどり、日記を捨てることを決意し、固有名詞としての〈ツマ〉から普通名詞としての〈つま〉として受け入れたのだ。そして、ツマも動物たちの声が聞こえなくなるが、これは子供の心から大人の心へ移り変わるツマが、絵本の世界から外に出たということなのである。

物語は冬で終わる。が、結末は、冬の次には春がやってくることを連想させてくれる。春はツマとムコが〈ここ〉に越してきた季節であり、始まりと再生を表している。夫婦はこれから始まるのだ。『きいろいゾウ』は、他の誰にもあてはまらない、しかし、誰にでもあてはまる夫婦の姿を描いているのだ。

（出水田舞子・市川絢子・上村　茜・大畠佳奈・欅田　眸・正田優佳・田中あかね・千吉良尚美・豊泉恵加・新山志保・西本紗和子・野口佳織理・山森広菜）

付記：この論考は、本学「日本現代文学セミナーⅠ」授業内（二〇一〇年一一月一九日）において、西加奈子さんをお招きして行った『きいろいゾウ』発表原稿を加筆修正したものです。図版（模造紙四枚、発表で使用）は、作品の世界を、年立てを意識して表したものです。

「きいろいゾウ」の発表を終えて、西加奈子さんへの質問

西 加奈子×日本現代文学セミナー

Q　作品中に出てくる絵本『きいろいゾウ』の女の子はツマを表し、きいろいゾウは他の夫婦たち全員を表していると解釈したのですが、西さん自身はそのようなつもりで書かれたのですか？

A　そうですね。女の子は完全にツマをイメージして書いたんですけど。しかも本当は『きいろいゾウ』という絵本はなかったんですね。なんとなく絵本があるっていうふうに匂わすぐらいの文章やったんですが、編集の方に絵本を一冊、載せなくてもいいから全部書いてみたらどうですかと言われて書いたんですね。だからもう、女の子のイメージはツマの小さい頃で。きいろいゾウは、夫婦も含めやけど、自分が拠り所にしている何かっていうか、例えばアンネフランクで言ったら、自分の日記の相手であるとか、何か小さい頃には存在してないけど拠り所にするものってあるじゃないですか。そういう感じなんですよ。そういったものの集まりのような中には、きっと拠り所になるものとして夫婦も入っているやろうし。だから全然、間違いじゃないです。

Q　作中で食事の内容を詳しく書いているのは、何か意味があるのですか？

A　食事って、日常の一番の核やと思うんですよね。寝てるときは正直覚えてないし、食事で何を食べているかで、その人の人となりがなんとなく分かる気がするんですよね。例えば、トマトにポン酢をめっちゃかける人ってそういう人っぽいやん。そこに岩塩を使うっていうのは、「あ！　なんか生活大切にしてるんやな」とか、そういうのが分かると思って書きました。

Q　本文中でツマは、ムコの日記を見ていると言っていました。だけど、このセミナーの学生で話し合い、ツマは単純にバッタなどを日記に張り付けているだけで、本当は見てないんじゃないかという意見でまとまったのですが、実際はどうなのでしょうか？

A　これは結構、読者のみんなが、ツマがムコの日記を見てる！　見てない！　論議になることを狙いで書いたので……。うちとしては、すごい良いことですけど。

Q　西さんにとって、この作品の中で思い入れのある登場人物はいますか？

A　大地くんですかね。大地君はたしか九歳ですよね。九歳って、うち、一番好きな年齢で、新しい小説でも九歳の子を書いてるんですが、うちらが思っている以上に大人やし、でもやっぱりすごく弱いところがある。すごく尊い、神々しい存在な気がして。あと単純に、大地君すごくかっこいいなと。なんか好きですね。

Q　ツマとムコが越してきた場所が九州という設定だと聞きました。私も九州出身なのですが、もしかしたら佐賀か大分なんじゃないかなと思ったんですけど。

A　大分です。

Q　ゾウが女の子をいろんな国に連れて行きますが、そこは西さんが行ったことのある国なのですか？

A　どこ行ってたっけ？（笑）　たぶん行ってないと思いますね。エジプトは育った国なんですけど、それ以外はたぶん行ったことがないと思います。

Q　西さんは動物の声が聞こえますか？

A　聞こえないですね（笑）。でも猫を飼ってるんですが、猫と勝手に会話したりとかアフレコしたりとかはします。

Q　単行本の表紙に描かれた鳥の絵ですが、物語に出てくる主な鳥というのは、絵本の鳥と、ムコの刺青の鳥と、最後に出てくる飛んでいく鳥です。どれも色とりどりで美しく描かれていますよね。あと、鳥が高く飛んで羽を落としたり、ムコの背中の鳥は飛びたいって言ったり。そういう物語があるのに、なぜ表紙の鳥は、このように低い位置で飛んでいて、しかもよく見ると黒っぽいけど紫色ですよね。それは何か意味があるのですか？

A　これは「表紙描きませんか」といわれて、ゾウと鳥を別々に書いたんですよ。あのレイアウトはデザイナーさんがしただけで。あと鳥も、本当は「ゾウを書いてくれ」と言われたのだけれど、あの鳥はたぶんメッセージで「ゾウ書きました。お願いします。」という紙に鳥を書いたら、「それもええやん」となって、デザイナーさんが使ったと。

Q　ツマとムコの夫婦関係は、西さんの理想ですか？

A　理想ですね。なんかこれを書いているときは、まさか自分が三十三歳で結婚してないとは予想もしてなかったんですけど。すごい結婚に憧れがあって、結婚という制度じゃなくて、この人と家族になるという決意に憧れがあって。挙げ句、ちょっと精神的に弱い女性を男性が支えるという図式にすごい憧れがあるんですよね。だからそれを体現したというのがこの二人です。

Q　ピーターパンというところに視点を置いて、今回のゼミで発表したのですが、西さん自身はピーターパンについてどうお考えですか?

A 実はピーターパンをあまり見たことがなくて。ただ、男の人で、四十歳、五十歳の人とかでも、ピーターパンみたいな人がいっぱいいて、良い印象はそんなにないんですよね。なんかいつまでもガキっぽい人というイメージがあって。でもそれと表裏一体で、すっごい可愛いところがあるので、イメージとしてはそんな感じです。物語がどうこうっていうわけじゃない。

Q この作品では〈ピーターパンのお香〉という表現が出てきます。私は最初、作品を読んだときに、ディズニー映画だと「ダンボ」の方がイメージに近かったんです。この作品を書くにあたって意識されたりなどしましたか?

A 私、「ダンボ」見たことないですね。ゾウはもともと一番好きな動物なので登場させました。

Q 「きいろいゾウ」を映像化や舞台化したいと思いますか?

A 私がしたいというのはないです。お話をいただくんですけど、どうなんやろ。どうすんのかな(笑)。

Q 「もし映像化するならどんな人だろうね」と、みんなで話していたのですが、ツマとムコをイメージする人はいますか?

A でもやっぱり身近な人になるんです。友達とかなんですよ。だから俳優さんというイメージはない。もし映像化するなら男前と美人がやるやん。だから、ちょっとイメージができないです。

Q 西さんにとって、〈必要なもの〉は何ですか?

A 今は猫ですね。あとは家かな、やっぱり。外では寝れないよね(笑)。みんなは一人暮らし ですか? 実家ですか? 家賃ってめっちゃ高いし、それを自分で払って暮らすということは結構なことやから。やっぱり家があるということは心の安定になります。大切やと思う。

Q 西加奈子さんにとって、「普通」とは何ですか? 定義などありますか?

A うーん。定義は疑問を持たないことかな。「この生活おかしいんじゃないか?」と全く思わなかったのね、若い頃とか。例えば先生とかさ、この歳になったら先生も普通の人間やし、めっちゃおかしいこと言ってることもあって、それはおかしいと分かってるんやけど、当時は先生の言うことやからというだけで、総て鵜呑みにして、全く疑問を持たなくて。それってよく考えると怖いんやけど、幸せといえば幸せよね。

疑問を抱いてからが色々と苦しいので。なんかそういう生徒でしたね、いつも。

Q　西さんの作品はとても日常的で、感情の表現について共感できる文章が多いと感じています。ものを書く上で、自分を囲んでいる外の世界を感じるという感覚は、非常に大事なのではないかなと思いますが、そういう感覚というのは、子供のときの感覚のまま今現在もおられるのか、それとも変わったのか、気になりました。外の世界というのは、季節だったり、人の雰囲気だったり、些細なことで感じるものだと思います。感覚というのは薄れてしまうものだと思うので、作家さんにとってはその感覚というのは大事なのではないかなと思いますが。

A　そうですね。やっぱり小さい頃はエジプトにいて、人との差が歴然としているんですよ。今は、例えば手を挙げても、ほとんど肌の色が一緒やん。でも明らかに毛むくじゃらの黒い人とかがおる中で、しかもうちは何もしてないのに親の仕事の都合でこっちに住んでる。なんかもう恥ずかしいというのを強烈に感じてて。周囲をものすごく見るという癖はついたと思うんですよ。ただ、うちもみんなぐらいの歳や高校生くらいの時に、いちいち空見て「うわー」とか感動することなかったし。それ以上に面白いことがいっぱいあって。でも歳を取ってくると、また復活してくるの、そういう感覚が。急に月を見ただけで泣けてきたりとか。だからそういうのが大切というより、自然とそうなってくると思うのね。今はきっと、それ以上に楽しいことがあるから羨ましいし、それを自分のものにできたらいいんじゃないかなって思います。

Q　西さんの作品の「さくら」や「きりこについて」などに出てくるルックスの悪い人物が、あえて理不尽に書かれていますよね。嫌われたりいじめられたり。そして、「きいろいゾウ」の中にも、洋子ちゃんという煙たがられる存在が描かれていますが、容姿が醜い人物を登場させるのは、何か理由があるのですか？

A　うーんと。そもそも、さっきも言ったみたいに疑問を感じることから不幸が始まるように、同時に成長することでもあって。やっぱりうちも、ヒールのある靴を履くのね。細くみせたり、マスカラめっちゃ塗ったりとかしてるのね。それは目を大きく見せたいとか足を細く長く見せたいと思ってやってんねんけど、それってほんまに、自分が望んでやってんのかなと思う時があって。なんでじゃあ、足が長かったらいいのか、なんで目が大きかったらいいのか、正直分からないのね。可愛いやんとしか言えなくて。じゃあ、その可愛いの基準は誰が決めたんやろうとすごい考えてて。大きく言ったら社会なんやろうけど。社会ってさ、やっぱり個人の集まりやから、怖いなと。誰かに自分の心からの欲求などを乗っ取られてる気がして、恥ずかしくなったりするのね。それを小説で、美醜のことを書くようになったのは、それが結構ある。単純に「きりこについて」は、特に一番のテーマとして美醜のことがあんねんけど。「**ぶす**」というのを太字にして書いたんやけど、「**ぶす**って何なん？」って自分で考えたかったの。あと、例えば腕がない子に対して「お前、腕ないの？」とは言えないでしょう。でも「**ぶす**！」というのは言えるのよね。その違いは何なんかとか。そういうのを考えたくて、価値観は誰が決めんのかとか。あとなるべく自分でも編集社の人に「これは差別用語です」とか、「**ぶす**とかも読む人にとっては差別やから違う言い方できないですか」と言われたりすんねん。でもそこは、自分が思ったことやから書こうって。責任とろうと言ったら、あれやけど。例えば、うち、黒人の人を見たら「黒い」と思うのね。で、「黒い」と言いたいの。でもどこかで「言ったらあかん」という意識が働くけど、それってやっぱり黒人差別という歴史があったからやんか。自分の意志ではないわけ。でもうちは、黒人を黒いと思うし、それを綺麗と思うから言いたいとか。その戦いにはなるかもしれないけど、やっぱり自分の思ったことを言っていくのが仕事かなと最近思う。でも美醜は昔から興味があったので出てくるんやと思う。

Q 絵本の「きいろいゾウ」の中に〈ぶどう色のパンツ〉が出てきて、それを「さくら」の中のミキが履いているなと思い出したのですが、〈ぶどう色のパンツ〉が好きなんですか？

A 〈ぶどう色のパンツ〉って、どんなんやろな。うちも何でそんなん書いたのか分からへん（笑）。でも色を使うのが好きで、「きいろいゾウ」は、特にものすごいろんな色が溢れている話にしようと意識したのもあるし、〈ぶどう色〉という言い方が好きなのかな。

Q ムコさんの〈必要なもの〉で、〈クールの目薬〉が出てくるのですが、西さん自身も使っていて、やはり同じ作家として、自分にとっても必要だからムコさんにも必要なのだということで、〈必要なもの〉に入れたのですか？

A ううん。〈必要なもの〉は、完全にムコさんの〈必要なもの〉だから。ムコさんがどういう人か想像しながら書いたので、うちにとって〈必要なもの〉ではないですね。目薬、使わないです。クールの目薬とか、男の子って好きそうじゃない？

Q　表現することについて、西さんは恥ずかしいと感じますか？

A　そうですね。やっぱり恥ずかしいですけど。作家になって六年経ちますけど、六年目ぐらいから恥ずかしいとか言ってられへんなというのがあって。芥川龍之介か誰か偉い作家が、小説を書くというのは、横断歩道の真ん中で裸で寝るようなもんやと言ってて。あれだけの人がそんな言ってんのやから、こんなうちみたいなのが恥ずかしいと言ってたら、あかんなと思いました。

Q　「幸せ」とは、何だと思いますか？

A　えー。そんなん自分で決めるもんなんじゃないかな。うちが聞きたいです。でも、絶対に他人に決められることではないということは言えます。でも揺らぐけどね。自分が幸せだと思っていても、他人に一言「かわいそう」と言われたらめっちゃ凹むし、心折れるし。でもそれでも揺らがへんものが幸せなんじゃないかな。

Q　西さんの中で、小説を書くときに必要だなと思うアイテムはありますか？

A　チョコレート。チョコレートは一日、二、三箱食べます。血糖値とかが関係あるのか分からんけど、食べたら「わー」ってテンションが上がるので食べます（笑）。

Q　西さんにとって、小説を書くということは表現の手段ですか？　それとも目的ですか？

A　あー分からん（笑）。そこは難しくて、もともとは目的やったんやけど。作家になってからは、例えば、ものすごく悲しいことがあったら、「これ書ける」と思うねん。それで悲しさを克服しているところがあるのね。だから表現の手段というより、自分がほんまに自分の中で真っ当に生きていくための手段になりつつあったりして、ちょっと混ざってきてますね。自分でもちょっと分からなくなってきています。

Q　今までの小説、絵本を踏まえて、作家としての自分にキャッチコピーをつけるとしたら何ですか？

A　えーむっちゃ恥ずかしいな（笑）。キャッチコピー？　分からん。逆に付けてほしい。でも自信があるのは、ほんまに肩が壊れるまで全力でやってるので。「全力でやっている」ということが、どこかに入っているキャッチコピーがいいかなと思います。

そこ、にあること——『きいろいゾウ』——唐牛みやか

〈お風呂に入ろうと思って服を脱いだら、浴槽に茹で上がった蟹が浮いていた〉。このようなことが、日常的に起こる土地に住んでいる〈ツマ〉と〈ムコ〉。『きいろいゾウ』（小学館、06・3）には、近所に住むアレチさん、セイカさん夫婦、登校拒否の大地くん、野良犬のカンユさん、チャボのコソクとの日々の交流が描かれ、〈のんびり陽に当たっているような心地よさが〉（瀧井朝世「西加奈子『きいろいゾウ』」「anan」）感じられる。

この小説は、〈ツマ〉の一人称と〈ムコ〉の日記が交互に書かれている。読者は、二人がそれぞれ別の視点を持ち、〈二人のすれ違いというよりも、互いを思いやる姿〉（瀧井朝世「若い夫婦の、幸福な田舎暮らし。」「crea」06・5）が描かれていると瀧井朝世は述べているが、むしろ、互いが思い合っているゆえに、すれ違っている姿が描かれている。

二人は、互いに互いが自分を置いて、どこか別の世界に行ってしまうのではないか、という恐怖心を持っている。しかし、お互いを大切に思うあまり、それを確かめたくても〈そういうことに確実に目をそむけて〉きたのだ。そんなある日、〈ムコ〉の恐怖心は増大する。〈ムコ〉が勤めている老人ホームの入居者、足利さんの死がきっかけだ。足利さんは〈ムコ〉が、〈何を持って助けたというのか〉は分からないが、〈阿呆のように足利さんを、救ってやりたいと〉思っていた人だ。叔母の、ない姉ちゃんの自殺から時間が止まっている〈ムコ〉は、こ

の出来事によって、やはり人はどこか遠い世界に行ってしまうんだ、と無意識に思ってしまうのだ。このことにより、〈ムコ〉は二人を助けられなかった自分に〈ツマ〉を支えられるのか、と自信をなくしてしまう。そして、部屋から出てこなくなってしまった〈ムコ〉を見て〈ツマ〉の不安、恐怖心も増していくのだ。持っているものが、手元からなくなる恐怖、孤独。それは、引き算の愛だ。

〈ムコ〉は昔、不倫していた女性の夫から〈「妻を、私たちを助けてほしい。」〉という依頼により、東京へ行ってしまう。〈ムコ〉は、ない姉ちゃんが死んでから、自分が何かから逃げていると感じており、その生活を終えるためにと、そこへ向かう。

その間、〈ツマ〉は魂が抜けたような状態で〈ムコ〉を待ち続ける。毎日毎日。しかし、どんなに苦しくて、悲しくて、怖くて不安な時間を過ごしても、月が昇って夜になり、日が昇って朝になるのだ。〈ツマ〉は〈ムコ〉といた時は思ってもいなかった、なんでもない日常、例えば〈赤や黄色や茶色の洗濯物がひらひらゆれているということ〉。また、アレチさん、セイカさん夫婦の姿——セイカさんの雨が降る兆候が当たると、アレチさんが嬉しそうにする様子や、冷奴にミロの粉をかけてしまうほどぼけてしまったセイカさんの話を〈「かーっ可愛いことなんぞないち！」〉と話す姿。何より、昔、空襲で亡くなった、アレチさんを好きだったという女の人に〈「わしは、セイカを、好いとる」〉と、言ったアレチさんの恋をしている顔。それらを見て、〈ツマ〉は愛する人がそこにいるということの幸せを痛感する。

ラストシーンで、〈ムコ〉と〈ツマ〉、別々の場所にいながら聞こえた互いの声に、それまで心にあったしこりが涙となって流れる。〈ムコ〉の〈「ツマ、大丈夫だから。」〉、〈ツマ〉の〈「行かないで。」〉。その言葉は、それぞれ場所は違うが、同じ時間に発し、そして、聞こえた。この声は、互いが長い間、欲していた言葉ではないだろうか。また、二人が抱えていた、どこか別の世界へ行ってしまうのではないか、という恐怖心を一瞬にして取り除いてくれる特別な声だった。

そして、〈ムコ〉は気づくのだ。〈ツマがそこにいること、人生のように日常のように、そこにただいてくれるだけで、安心して眠りにつけるのだということ、堂々と、幸せだと笑っていられるということ〉が、どんなに尊くて幸せかということに。

そして、〈ムコ〉の心を痛いほど打って、放さなかった、

わたしは眠ります。

それがそこにあることを、知っているから。

わたしは、安心して眠ります。

それがそこにあることを、知っていたから。

ということの詩を〈ツマを愛している〉と〈ムコ〉は解釈した。この詩にある「眠る」という言葉。作中には〈ツマ〉と〈ムコ〉の眠る様子が描かれている。アレチさんが遊びに来て、帰った後の散らかっていて、喧騒を引きずったままの居間、踏みミシンの〈だだだだだ〉という音。これらの日常生活音に囲まれている時、二人は安心して眠ることができる。逆に、都会から田舎へ越してきた当初、カエルの鳴き声に慣れず、慣れるまでの間、眠れずにいる。日常は、安眠を与える。

〈ツマ〉もまた、いつも目の前にある賑やかな花、木、風、虫、鳥などありふれているものたちが、とても儚くて、大切なものだということを知るのだ。そして、〈ムコ〉が側にいるんだ、という安心も。

大切なもの。それは、〈ムコ〉の〈必要なもの〉リストに書かれているような、日常的な、何でもない、そこ

にあるものなのだ。例えば、〈朝食のトマトと岩塩〉、〈コーヒーを煎るにおい〉〈カエルの鳴き声（大合唱に限る）〉、〈欠け始めた月〉。

〈ムコ〉は、儚い存在の〈ツマ〉を儚い存在ではないとすることできたのだ。言い変えると、その存在を日常のもの、つまり、〈ツマ〉を常にそこにある存在だと安心でき、《妻》という存在を獲得できた。それは、後半のリストに〈ぼくのつま〉が足されたことに示されている。

〈ムコ〉の元不倫相手の夫が、〈「私は妻を愛しています」〉と言った。それを聞いた〈ムコ〉は、〈そんな美しい言葉が、当たり前で、ありふれていて、そしてかけねのない言葉がこの世にある〉ということを思い出す。また、特別な声が聞こえた後、再び、違う場所で同時期に、〈ツマ〉もアレチさんの〈「セイカを、好いとる」〉という言葉を聞く。二人は、アレチさん、セイカさん夫婦、〈ムコ〉の不倫相手の夫婦を見ることによって、ありふれているけど優しい、温かい言葉を思い出すのだ。それは、〈ツマ〉と〈ムコ〉にとって、〈とても大きな感情〉を呼び起こす言葉だった。

私たちはそれがそこにあることを知っているのにも関わらず、そこにあるからこそ、その大切さを忘れがちだ。〈ムコ〉が東京へ行き、〈ツマ〉と距離をとったように、ここではなく、そこにあることによって大切さがわかる。一般的には、日常は退屈なもので、私たちはそれに対して不満を持つが、日常を日常として獲得すること自体が難しくて、貴重なのだ。〈ムコ〉や〈ツマ〉の互いを日常の存在として認識していく様子は、退屈な日常がどんなに儚いもので、また、どんなに暖かいものなのかを思い出させてくれる。

（二〇〇九年度英語科卒）

『きいろいゾウ』――名前の関係性ともう一度生まれること。――黒岩実可

自然溢れる豊かな描写。賑やかな生き物の声。おいしそうなビールと野菜。カラフルな色たち。個性豊かでやさしい人達の肌の温もり。記憶、過去、時間。そしてムコさんとツマ。この作品には読者の五感がフルに使われるような文章がたくさん散りばめられている。それと同時に五感を使うことで「自分（読者自身）のあの時の記憶」も蘇ってきてしまうようなそんな力をこの作品は持っている。紡がれる言葉たちは私たちの体に働きかけ、大きな自然は私たちを抱き、そして人が生きる何気ない日常を切り取って写真みたいに輝かせながら物語は語られる。

この作品はお互いに喪失している部分を持つツマとムコの成長の物語だといえるだろう。ここで注目したいのは二人の名前だ。作品には様々な人が登場する。畑が荒れてしまうアレチさん、姑息なコソク、そしてヨルや平木直子……などなどで名前がその人の人柄を表していることが多いのだ。そう考えるとムコとツマは背反している関係だといえる。なぜならムコと対になる語はヨメで、ツマの場合はオットでなければならないからだ。そこから二人の間にはズレが生じている。またツマの一人称での語りとムコさんの手記から、だんだんに二人にズレがあることもわかってくる。例えば五百円玉ができたら貯金していくことを一方は〈わざわざ貯金〉で一方は〈ざわざわ貯金〉と認識していたり、意思の疎通がとれなかったり、思っていることがお互い違っていたり。これはどこの夫婦にも当てはまりそうであるが、決定的に違うのがわかるのが雨のシーンでのことだ。ツマは雨が

降ったと言った日、ムコは雨にあたらない。そしてそんな日が続く。これは二人が少し違う世界にいることを表しているのだ。こうしてはじめは少しのズレだったものも中盤になるに従い、徐々に広がっていく。相手に対しても自分自身に対しても気持ちに蓋をして目を逸らしたために。二人が東京から田舎にきた時から、自身からの逃亡劇は始まっていたのである。ズレが広がる程二人の世界は違ってくる。だから逃げることでなく向き合うこと、飛ぶことをやめて地上にいることを選択する。鳥の羽根のようなきっかけのおかげで二人は乗り越えていく。

ムコは過去によって自分を喪失したが、その過去と向き合うことを選ぶ。もうその穴を埋めてくれる人がわかったから。一方ツマは足利さんが寝ている時のような、ない姉ちゃんが生きている世界のような、もう一つの世界が好きで、現実を少し損なっている。母体回帰、いつまでもお風呂のぬるい羊水に胎児のように浸かっていたかったのだ。しかし大切な人を守るためには、現実と向き合うことが必要だと、戦争の光景と血に触れて思い知るのである。そうして二人は向き合う。同じ雨にあたり、同じ月を見て、同じ世界に住むことができるようになるのだ。そして最後の〈海の近くにでも、捨てに行こうと思う。〉というムコの言葉は二人が海という母に会いに行くためにトンネルのような産道を通って、また新しく生まれることができることを意味している。

一見幸せそうにキラキラ輝く騒がしい田舎暮らしも、自然は本当の闇も怖さも含んでいることを知らなければならない。そこに「住む」ならば生半可な気持ちで関わることはできないのだ。それは人間にもいえる。その人が抱える闇や全てを受け入れて、自分自身を開く勇気がなければその人と一緒の世界に暮らすことはできないのである。そしてお婿さんが相手の家に入る人ならば、ムコはツマの家（内部）に含まれるということだ。「おかえり」「ただいま」。そして最後はただの呼び方だけの「ツマ」から「ぼくのつま」という役割が与えられる。二つの形の違うパズルのピースはぴったりと一つにはまりあうことができるのだ。

（青山学院大学三年）

人と心とかかわり――『きいろいゾウ』――佐藤斐美

自分の日常を特別だと云える人はどれくらいいるだろう。またはどれくらいの日常を特別だと云えるだろう。

毎日朝起きて、パンを食べて、仕事に行って……しなければならないことに忙殺され一日が終わり、気がつくと一週間が終わっている。ほっとすると同時に、あっというまに過ぎた時間にもったいなさを感じる。もっと何かすればよかったと。でもだからってなにもなかったわけじゃあない。振り返ればちゃんと新しい仕事も覚えたし、気になってた新しいカフェにも行った。でも今の私にとってそれは特別ではない日常だ。でも一年前の私の日常は、朝からスタバに入って本を読んだりとか、友人とブックトークで盛り上がったりすることが当たり前だった。今の私から見るとあの贅沢な日常は特別だった。

〈ツマ〉と〈ムコ〉の日常には特別なものはない。生活用品と仕事道具、ちょっとした嗜好品。そして草木や虫、ご近所の人たち。そんなものに囲まれた日常だか、〈ツマ〉が過ごす日常は変わってる。「生温かくて、生きている匂いのする賑やかさ」という生物の存在感を強く感じて過ごし、「この庭には。たくさんの「ありがとう。」が溢れてる！」と感じている。動植物の声が聞こえても聞こえなくなっても、〈ツマ〉はその感覚を忘れない。

それは、特別でも特別じゃなくて重要じゃないということかもしれない。だってまわりは変わってないのだから……。変わるのは自分の感じ方だ。

大地くんは学校に行くという日常を止めた。ちょっとしたことで日常が変わることを恥ずかしいと感じたからだ。でも彼は〈ツマ〉と〈ムコ〉と過ごして、恥ずかしいことを受け入れてようと思う。生きていれば恥ずかしいことの一つや二つ、三つや四つ……いやそれ以上ある。大地君は、大人になる過程でそれがあたりまえだと知ったからそれを受け入れることにした。彼は「大人になりたい」と言っていた。そのためにいろいろ経験して感じることが必要なのだ。それを〈ツマ〉や〈ムコ〉や他の人たちと過ごすことで知り、同じように学校で同級生とも過ごすことを決めたのだ。

この物語の登場人物ではみんなが「他者とのかかわり」を持っている。そして「他者とのかかわり」を持つことによって毎日を過ごしている。他者と接することで他者のなにかを感じ、自己と他者を繋げることによって、自己のなにかも感じる。表面ではゆったりとしたリズムで当たり前の日常を過ごしていて、見えない部分ではたくさんのなにかを感じている、そんな賑やかなエネルギーを気付かないところで読者も感じているから、この作品に魅かれるのかもしれない。

（二〇〇七年度幼児教育科卒、幼稚園教諭）

こうふく　クレヨンの――絵本『きいろいゾウ』――谷口幸三郎

絵本の『きいろいゾウ』をチラッと見る機会があってチラッと見ただけで、いいなぁーと欲しくなり、ネットで注文した。が、届いたのは、小説。うそーっ。なんと後から手に入れた絵本『きいろいゾウ』の帯に著者自身のへたくそ（描かれた絵と同じように）な文字で〈小説「きいろいゾウ」から産まれた絵本なのですが、描いていくうち、私はいつしか、この物語から小説は産まれたのだと、思うようになりました。〉と、書かれてあるではないか。この絵本と小説はニワトリとひよこの関係なのだ。「うまれた」の漢字表記が「生まれた」ではなく「産まれた」であるところにお産を連想してしまう。

小説版は田舎暮らしをはじめた若い夫婦、小説を書いている、武辜歩（ムコ）と妻利愛子（ツマ）の物語。絵本版は病気の女の子が、黄色いゾウと過ごす一夜の物語。どんな物語か。小説の中のムコさんが古本屋で語っている。

「飛ぶことができない鳥の出てくる本はありますか」（中略）「たくさん、たくさん、あります」その答えを、ぼくは大変気に入りました。ぼくの知らないことや、知ろうとしなかったことや、そしてただそこに横たわっているだけで美しいようなことが、この世界にはたくさん、たくさんあるのだと思いました。ああその物語を書こう。

小説の表紙カバーにも絵本の表紙カバーにも黄色いゾウが描かれてある。小説のカバーは紙の黄色がそのままゾウの黄色になっているのであっさりした印象だ。ゾウの前を横切ろうとしている青い鳥の目からは涙がこぼれている。それを見つめるゾウの瞳はやさしい。カバーをはがすとゾウの顔がアップになり、その黒い瞳は大きい。涙を浮かべた青い鳥は遠ざかる。

絵本の表紙カバーのゾウは〈黄色は好きな色のようだ。ごりごりと力強い〉と小説の中のムコさんがツマのクレヨンの使い方を言っているようにクレヨンを持つ西の振動が伝わる力作である。長いまつ毛、黒い瞳。ゾウの表情がはっきりしているのは表紙カバーだけである。本文中では後ろ姿、鼻だけ、下半身、シルエットで登場する。おかっぱ頭が艶やかな女の子も後ろ姿、下半身、シルエットで登場するのみで細かい顔の表情は表現されていない。小説版の文章で細かく描写されているのと対照的である。例えばムコさんは〈耳は小さめ、耳たぶがくるりと内側に曲がっている。細い目と、いつも困ったような眉毛、鼻はすうっと通っていて、上唇は薄い〉西は雑誌（「ＯＺ magazine」06・8・9）でこう語っている。

「小説を書くのは、とてもしんどい。行き詰ると絵を描くんです。なにも考えずに没頭できて、すごく楽しい。本格的な絵の勉強はしてないので、自己流なんですけどね」

西の絵を描くときの楽しさはそのまま見る私に届く。本格的に絵の勉強をしていない人の使うクレヨンには衝撃的な絵がある。本格的に絵の勉強をした私は圧倒されてしまう。柿沼陽介のサクラクーピーで塗られた絵肌は艶やかで堅牢でぞくぞくしてしまう。森昭慈の描く女性の肌色はうねるように躍動している。

西はクレヨンで描くのではなく塗るのである。〈ごりごりと力強く〉塗ってあるのでクレヨンの減り方も尋常ではないだろう。この黄色はゴッホの使ったクロムイエローのようだ。強いイエローだ。

ペインティングナイフで厚塗りをしていたジョルジュ・ルオーの油絵についてこんな記述もあったのを思い出す。言葉は正確ではないが五グラムの黄色よりも十グラムの黄色の方が強い。

小説の中に出てくるスーパー〈さかえ〉で買った〈ペンテルのクレヨン〉の黄色は何本使われただろう。

私も数多くのクレヨンを使って絵を描いてきたが、描くのは、ときどきつらいこともある。しかしクレヨンの色を塗るのは楽しい。冒頭、西の字も絵もへたくそなどと書いたけれど、もちろん悪口ではない。そのままの西が文字にも絵にも素直に出ていて気持ちがいい。それらしく描こうとする意識があるとうまいへたの感覚がどうしてもチラチラ出てきて描き手は委縮してしまう。しかし画面に絵を描くのではなく画面を色で塗りつぶす感覚は心地よい。ただ、ひたすら塗るという行為がうまいへたを気にしてしまう臆病なこころを解き放ってくれる。そして本人の考えおよばないしあわせな場所まで連れて行ってくれる。この絵本はクレヨンを塗るこうふくに満ちている。

ゾウの輪郭の黒いクレヨンをゾウの内側の〈私が一番熱心に塗った黄色〉がさらっていく。黄色と黒が混ざりあい、表紙のきいろいゾウは妙にリアルでなまなましい。産道を通り抜ける赤ん坊がその無垢な肌色で産道の血の赤をさらっていくように。（だからこの絵本は「生まれた」のではなくて「産まれた」のだ）。

黒のクレヨンの粒子を〈ごりごり〉塗られた黄色がさらい、ひきずりしていくと混ざり合った色は汚れのようにもみえるが背景の星空の青と対比されて、どちらもいっそう美しい。星空の星の粒つぶがどのようにして描かれたものかわからなかった。それもそのはず男の私には画材として身近にないラメ入りのマニキュアが使われていたのだ。

よく見るとゾウの鼻の中央には若草色がみえる（ない姉ちゃんのワンピースの色かしら）、背中には黒い蝶や笑顔も見える。（星空に、こっちをにらむ男の子がいるらしいが私には見えなかった）ひたすら塗ることによって自分の意図しない混色によるおもしろさが絵本のどのページにも見られる。

小川洋子は『物語の役割』のなかでこう言っている。

自分の頭のなかだけであぁでもないこうでもないと考えはじめると、どんどん視野が狭くなって行き詰ってしまう。自分の思いを突き抜けて、予想もしなかったところへ小説を運んでいってくれるのは、自分以外の何かであるんじゃないか。

クレヨンをひたすら塗ることによって、自分の意図しない混色が出現することによって絵本を見る者をも未知の地平に運んでいってくれる。

この絵本に塗られた色はどれもきれいだけれど白は、ひときわ美しい。〈おんなのこが、もうねむろうとベッドにはいった〉病室の場面、その病室の壁の白。白は他の色の影響を受けやすいので弱そうに見えるけれど窓枠の黒をさらって、おんなのこの髪の黒をさらって白としての色を強く主張する。この白を見ていると小説の以下の箇所が思い浮かぶ。

小学校三年生の頃から、ううん、そのずっと前から、私は感情の作り方を人に頼ってきた気がする。誰かがいるから笑う、泣く、怒る、いないから寂しい、また泣く、拗ねる。みんなそうかもしれないけど、私はそれが顕著な気がする。きいろいゾウがやってくるのを毎晩待っていたあの頃と、私はなんにも変っていない。ムコさんに見つめられて、必要とされて初めて、私は私を感じる。

ここで感情の作り方を人に頼ってきたツマが白で、見つめるムコさんが黒だ。白が白を感じるには黒の視線がいるのだ。

〈誰かを待っている白〉という表現がぴったりくるクレヨンの白である。

白が白という色としてそこにあるのは他の色をかすかにひきずるときだ。白い画用紙をクレヨンのついた指でつい触ってしまって汚れたときに画用紙の白をよりいっそう感じてしまう。

絵本の最初の見返しの青い大地の上の白、〈「うわあ、うみって、おおきいのねぇ。なみのおとが、きこえるわ。」〉の波の白、〈あかやきいろやむらさきや、ピンクやだいだいやはいいろやしゅいろ〉の羽の背景を埋め尽くした白、〈ふたりはそういって、さいごにもういちどおおわらいをしました。〉のふたり〈ひとりと一頭、というのかな〉の足元からのびる影の白、そして最後の見返しの灰色のからだのゾウとお話しているおんなのこの背景の白からはアフリカの風の匂いがする。どれも他の色をかすかにひきずり白という色として確かに存在している。この絵本のために使われたクレヨンたちはお互いの色を身に纏っていることだろう。

絵本を描き終えるころには〈誰かを待っている白〉の頭には黒以外にもいろんな色がくっついてくるのだ。

〈意志の強い藍色〉だったり〈堕落したエメラルドグリーン〉だったり〈ずうっと自由なセルリアンブルー〉だったり。そして白いクレヨンは、くっついた色たちにこう言うのだ〈「だからね、あなたがあそびにきてくれて、ほんとうにうれしいの。今日のことは、いっしょうわすれないわ。」〉

クレヨンの色と色との出会いは、ひたすら塗ることによってもたらされた。クレヨンを塗り続ける人の孤独も混色によってうめられる。それは〈ちっともさみしくなんてないけどさ、すこうしだけさみしい〉孤独なのだけれど。

小説版『きいろいゾウ』を読みながら絵本版『きいろいゾウ』で西が塗ったクレヨンの後を私自身も追体験するように色を塗りながら絵本のページをめくっていった。

絵本を閉じた私の指はいろんな色でクレヨンまみれだ。この指クレヨンで画用紙を塗りつぶしたら、どんな〈こうふく〉な色がでてくるのだろう。

（本学教授、画家）

生き生きと熱い感受性――『きいろいゾウ』――

中上　紀

数年前に北京で行なわれた「日中青年作家対話会」で西加奈子氏にはじめてお目にかかった。シンポジウムの充実もさることながら、酌み交わした日中量作家の友情の杯も熱い、多分に盛況の会の中心に氏は居た。可憐さと強さと聡明さ、繊細にして熱い心を同居させる作家。そんな印象を受けた。本書の登場人物（人間とは限らないが）のすべてがそれぞれ異なる鮮やかな色、いや生の匂いを放っているのは、氏自身に混在するそれらの要素が惜しげなく投影されているからかもしれない。

本書『きいろいゾウ』の舞台は、関西地方の片田舎である。場所は明確にされておらず、方言などで何となく想像するしかない。問題は、ここが不特定多数の人間が密集するところ、満員電車で密着していてもその相手とは永遠に他人であり、タテモノやモノと同じく決して言葉を交わすことのない、だからこそ頑なに自分を守らなければ生きていけない「東京」ではないということで、そこがキイでもある。

あるいは「田舎」でのみ成り立つ世界、と言い換えるべきか。

例えば、田舎では、人や動植物はもちろん、「夜」でさえもが息をしている。

窓から夜が次々とやってきた。一度入り込むと、それらは堂々と私たちの周りを囲み、そして居座り続ける。私は膝に置かれたムコさんの手に、自分の手を重ねる。眠るのをどんどん先延ばしにしてしまうのだ、こんな夜は。こんな、細くて綺麗な月の夜は。

主人公のツマは、故に当然のごとく「夜」に語りかける。少し開けた窓から、夜の空気がしのび足で入ってくる。私はそちらを見て、堂々としたらいいんだよ、と目で言う

本書、特に前半部分では、ツマの語りと、その日のムコさんの日記の内容を交互い繰り返すという方法で、田舎に移り住んでまだ一月の夫婦の微笑ましいやり取りが描かれている。

花や虫、動植物と共に生きていかねばならない、厳しいが地に足のついた田舎の風景は、〈生暖かくて、生きてる匂いのする賑やかさ〉であり、豊かにして鮮やかな輝きを放っている。

「残暑が厳しいざんしょ」声が聞こえる。誰の声か分かるけど、面白くないから。しかと。

読みながらずっと、ツマがそれらの声を聞くことが出来るのは、田舎という磁場のせいだと思っていた。まさか、彼女にしかない、特殊な力のせいだとは思わなかった。それほどに作者が、自然にゆっくりと、ツマの「能力」を読者に対して匂わせていったというのもある。

体がむずむずする。生理がはじまるときの感じ。なんだろうと思っていたら、ムコさんのおでこのあたりに、何かがちらりと浮かんだ。若草色だ。スカート?

どうやら、人の心の風景もツマには見えるらしい。見えるだけではない。心に空いた穴の痛みを、感じている。もちろん、傷ついた人の痛みは、傷ついた人でないとわからない。ツマの過去が明かされるのは、第一章の中盤あたり、それも、小学校で何の委員をやっていたかという夫との他愛のない会話の中で、いともさりげなく語られる。子供の頃、心臓の病気でツマは一年入院していた。そこで何度も読んだのが、〈小さな女の子が、空

飛ぶきいろいゾウに乗っていろんなところを旅する話〉が書かれた絵本で、その後ツマは夜中にゾウや動物が病室を訪れるという幻想的な体験をし、以来いろいろな声を聞くことが出来るようになった、と語る。〈きいろいゾウ〉の話は、六章に分かれた各章のはじめに導入されている。もちろん作者のオリジナルである。病気が治りたくて月に願い事をしている少女の声を聞いて、きいろいゾウがやってくる。きいろいゾウと少女は世界一周の旅に出かける。いたってシンプルな内容設定だが、だからこそ、最重要項目とも言える。

さて、もう一つのキイは、小説家の夫、ムコさんの過去である。ムコさんは、はじめ穏やかで繊細な優男というイメージで描かれている。しかし、第一章の終わり、海水浴のシーンで、読者は驚くだろう。なぜ、〈ムコさんの背中から、腕から、鳥が羽ばたく〉のか？　刺青の鳥は、〈このままムコさんと一生生きていくことを受け入れているような鳥〉だった。ツマは、それを見ると〈どきどきと落ち着かなく〉なる。〈たびたび打ちのめされ〉る。

一方ムコさんも、ツマの態度にその能力に、戸惑っていた。

ツマの世界は、どんな風なのだろうか。中略。何か僕を越えて遠くのものを見ている気がする。ツマは何を見ているのだろうか。

こうして、寄り添っているにも関わらず、互いに孤独を感じている二人の上に、他の登場人物、例えばアレチさんとセイカさんというほのぼのとした老夫婦、登校拒否をして田舎に来た大地くん、大地くんを好きな洋子、その祖母でムコさんの同僚の平木直子、口を開けたままの老人足利さんの物語が大小さまざまなエピソードと、夏から冬にかけての季節の移り変わりと共にゆったりと絡む。

一気に加速するのは、後半である。ムコさんの本が徐々に売れてくるのが、前兆として設定されている。ある時、ムコさんの元に、編集者経由で一通の手紙が届く。それを読んだムコさんは東京に行ってしまう。そうして、ムコさんの衝撃的な恋が、明かされる。かつて愛した恋人には、夫と、重度の障害を持つ娘が居た。その娘が腹に居るとき、一人の青年が目の前で自ら命を絶った。そのことを恋人はずっと引きずっている。恋人は、飛べない鳥の絵を描き続けていた。ムコさんの刺青の鳥は、彼女が描いた最後の鳥を模写したものだった。一見、幻想的、言い換えればかなりアンリアルな設定であるが、うそ臭く感じられないのは、対比するツマが直面している事情がまた、同じ位激しくそして悲劇的な記憶だからに違いない。

平気なフリをしながらも張り裂けそうな心でムコさんの帰りを待っていたツマは、ある日幽霊を見た。そのことで、土地に関わる辛い歴史、アレチさんの悲しい過去に触れるのだった。それは戦争中の爆撃と、命の恩人のアレチ少年に恋をした娘のことなのだが、戦争、爆弾という、日常レベルではコントロールのきかない、マクロあるいは世界的な事情を投入することによって、よりミクロが引き立つ仕掛けにもなっていることも付け加えておく。爆撃の音。光。熱と痛み。ツマはアレチさんの過去を疑似体験し、そうして新たにムコさんへの愛を確信する。

ムコさんもまた、ツマと共に生きていこうと決心するのだった。

〈きいろいゾウは、女の子を助けるのではなく、女の子の世界で、共に生きていこうと誓うのだった〉〈ツマのそばにいる、きいろいゾウ。それは、僕でありたい。背中に鳥を背負った、それは僕でありたい〉

これほどまでに精巧に仕組まれたハッピーエンドはなかなかないだろう。誰でも、痛みを抱えている。それでも一緒に生き、幸せになれる。棕櫚の木や、蜘蛛の巣や、鶏や、野良犬と言った、名脇役たちが暗にそう囁き、読者の涙を誘う。生き生きと、そして熱い感受性に満ちた、西加奈子の世界である。

（作　家）

西　加奈子を読む

「あおい」――作家としての決意――

欅田　眸

西加奈子の作品には、多くの個性的な人物が登場する。「あおい」（『あおい』小学館、04・6）では、主人公さっちゃんの二十七歳らしくない日常生活が淡々と描かれている。さっちゃんは、〈一瞬の感情の波に、全てを任せ切ってしまう〉ような、だらしない性格である。そのため、友人である雪ちゃんの好きな人を取ってしまったり、アルバイトを休憩中に抜け出してしまうということがよくある。しかし、ある日、さっちゃんは、恋人であり同棲相手であるカザマくんの子どもを妊娠していることに気がつく。そのときも、一瞬の感情の波に、全てを任せてしまおうと思ったのか、さっちゃんは、突然、長野のペンションでの泊まり込みバイトを始める。しかし、バイト初日に抜け出し、山の中で途方に暮れて寝転がってしまう。妊娠しているのに、だ。

このはちゃめちゃなストーリー展開に、二十代後半の女性が、共感するとは言い難い。さっちゃんと同年代である山崎ナオコーラは〈読書中に「共感」という感情をそんなに覚えなかった〉（「解説」『あおい』小学館文庫、04・5）と話している。しかし、決して否定的ではなく〈「惹き込もうとする力」が、この小説の中に溢れて〉いるとも、評価しているのである。その〈「惹き込もうとする力」〉とは一体何なのか。

「あおい」に登場するキャラクターは、全て個性的だ。例えば、さっちゃんが働いているスナックのママは、子どものように感情を表に出す。スナックの常連である森さんはアフリカで恋をした女性と子供を作り、日本に逃げてきたという経験がある。小説家志望であり、本屋のアルバイトをする太り気味のみいちゃんは、小学生の時に誘拐されかかった経験がある。そして、いつも個性的なTシャツを着ている。そして、さっちゃんの同棲相手・カザマくんは、二十四歳でだらしない学生である。おなかに〈「俺の国」〉と称する地図を彫っている。バラバラな彼らに共通するのは、ストレートに感情を表現するということだ。例えば、スナックのママは、〈鬼の首を取った！　みたいに〉さっちゃんを睨みつける。森さんは、〈「別に何のメリットもリスクもない、どうでもいい嘘をついてしまう〉ことを、さっちゃんに笑いながら話す。みいちゃんは女だけれど、自分のことを〈僕〉という。みいちゃんは、男と女は、〈絶対絶対不公平だ〉と主張し、〈「性同一性障害になろうとしている人」〉である。そして、カザマくんは吹いてきた風に〈「さっきの風は、女の子です。」〉、〈「良い匂いがするからです。」〉などと、まるで子どものように、豊かな感情を表現をする。

また、彼らは、現実を受け入れながらも、一生懸命生きていくたくましさを持っている。例えば、森さんは、いまからアフリカに渡り、昔の彼女に謝りたい。出来ることなら、昔の彼女と子どもと三人で暮らしていきたいという野望を持っている。また、カザマくんは、さっちゃんとの間に出来た子どもを育てていく決意をする。みいちゃんは、いつか小説家になるために、辞書を丸暗記している。このような、たくましいパワーに、読者は〈惹き込〉まれるのだ。

ところで、「あおい」は、さっちゃんの一人称で、さっちゃんの日常が語られるが、一人称になる前に、〈あなたに話したいことがあります。〉という四ページにわたる、印象的な前書きがつけられている。西加奈子は、前書きは、〈みいちゃんが書いた物語〉（「野生時代」09・6）であると語っている。この前書きの意味とは何なのか。

前書きには、二回繰り返される文章がある。〈あなたに、話したいことがあります。〉、〈それはきっといつも、大丈夫なんだよ。〉とある。〈あなた〉とは、さっちゃんの子どもである〈あおい〉を指している。みいちゃんが読者に強調して伝えたいこととは、さっちゃんのように思いつきで生活して後悔しても、なんとかなるよ、というメッセージだ。このメッセージは、作品を通して西加奈子が伝えたいことの中心核である。みいちゃんが、さっちゃんやカザマくん、さっちゃんの子どもであるあおい、また、西加奈子自身が「あおい」の読者に対して伝えたいことなのだ。

「あおい」は、西加奈子の処女作だ。本作品に登場する小説家志望であるみいちゃんの作品制作意欲は、西加奈子本人と重なってくるだろう。西加奈子は、「あおい」を書く半年前に、〈ある人から、「自分の中に溜まってきたことを書いたらどう?」というアドバイス〉を受けたという。また、〈自分のことを書かないと前に進まんと思って書いたのが「あおい」で〉(「野生時代」09・6)あると語る。みいちゃんも、〈「小説書くってゆうのは、自分を切り売りすることやろ。」〉〈「書き出したら、一気に痩せると思うから。」〉と話している。みいちゃんには、西加奈子の創作のスタンスが投影されていることは、あきらかだ。西加奈子は、作家になるために上京し、出版社に「あおい」を持ち込んで、作家となった。これも、自分をさらけだし、当たって砕けろというような勢いが感じられる。

『あおい』を出版した二年後である二〇〇九年に、西加奈子は〈もしかすると、私の書いてることは、『あおい』の頃からあんまり変わらんのかもしれない。不器用で、社会的にちょっと不自由な人たちが絶対出てくるし。きっとそういう不器用な人たちをうちは必要以上にピュアでいいものだと思いがちなんだと思う。〉(「野生時代」09・6)また、〈もし、作家になってなかったら、うちもそうなってたかもしれない。そういう危機感があるのかも。でも、それでもいいやんって思うの。もうひとりの自分に対して、あんた、それでもいいやんって言いたい気持ちがある。〉（09・6）と語っている。この、〈不器用なひとたち〉とは、さっちゃんを含む登場人物ことを指す。つまり、さっちゃんにも、西加奈子の考え方が投影されているということだ。

さっちゃんが、カザマくんの子どもを妊娠し、その子どもの名前は、〈あおい〉になる予定だ。その〈あおい〉を、お腹に溜めこんでいるさっちゃんを、書いているみいちゃん。みいちゃんは、いつか小説家となって自分を切り売りしていくために、太っている。「あおい」を抱えたさっちゃんを、抱えて太っていく。この二人は、お互いにないものを支え合い、バランスを取っている。このバランスを取っている二人を合わせた存在こそが、西加奈子なのだろう。

西加奈子にとってみいちゃんを含む登場人物たちが、ストレートに自分の感情を表現する存在として描かれている。そして、さっちゃんは、作品を書く自分を客観視している。「あおい」は、作品を書く自分を描いた作品でもあるのだ。

「あおい」は、その後に発表された〈小説たちの中でたくましく強く伸びてきている「読者の心を掴んで離さない端的な物語性」の、萌芽が〉あると、山崎ナオコーラは語る。そのように、「あおい」には現在の西加奈子が書く小説の始まりとなっている。たとえば、『さくら』（小学館、05・3）では、兄の死を受け入れ家族が再生していく姿が描かれ、『きいろいゾウ』（小学館、06・3）では、若い夫婦の再生が描かれている。心が折れそうな出来事が起きても、この先の人生を頑張っていくような前向きさ、登場人物のひたむきさ、たくましさは、現在も西加奈子の作品に描かれているのだ。作家西加奈子のはじまりが読み取れるということも、「あおい」の魅力である。

（幼児教育科一年）

『あおい』にみる共通の思い――齊藤桃子

『あおい』（小学館、04・6）は、「あおい」「サムのこと」「空心町深夜2時」の三編が収録されている短編集であり、そこには不条理な社会の中で生きる若者の姿が描かれている。

人の心の先を読み取るためには、共感したり、共鳴し合ったりすることで相手に近づくことから始めるといい。「あおい」には〈指先が火傷したみたいにひりひり〉、〈ママの顔は、赤鬼みたいにみるみる赤くなっていくのだ。〉や〈空に浮かんでいるような気持ち〉などの比喩表現が多用される。

「あおい」では、共感ということに重きを置いてみると、そこから導かれる一つの答えが浮かび上がる。

二十七歳でスナック勤めのさっちゃんは、友達と不仲になったときも〈あなたのせいだ、と思うことはあたしには無かった〉と言い、家族にも〈あなたのせい〉とは決して思わない。すべては〈あたしのせい〉で済ませてしまう。さっちゃんは責任感の強い人物だ。しかし、この言葉を聞くと、まるで陽の当らない場所に身置くように人目を避けようとし、自分だけの世界に入ってしまっているような感覚になる。そこでは誰にも非難されず、自分だけが被害者になることで誰も悲しまない、自分だけが我慢すれば、みんなは被害者にならないで笑っていられるという逃げの策略がある。しかし、そうした行動がかえって仇となる。そうしている自分は、きっと偽りの自分でいることに嫌気がさし、悲観的になってしまうからだ。例えば、仲間同士で何か問題が発生したとき、自分が悪くなくとも、責任はすべて自分にあると言い聞かせることで、責任のなすり合いをするような嫌な思いはしない。自分は悪くないと思う本当の気持ちをさらけ出すことができず、本当の自分を見てもらうこともない。だが、偽りの自分を演じることには、本当の自分を誰かに見つけてほしいという願いがある。

〈無邪気な様子〉のカザマ君に対して〈あなたが悪い〉と思えたことは、本当のさっちゃんを見つける第一歩を意味する。彼女にとってこの出来事は、暗闇の世界において一筋の光を見つけたようなものだ。さっちゃんはこの時初めて、カザマ君を客観的に見ることを通じて自分を知ろうとした。さらに「サムのこと」でも〈サムが死んだ今、僕たちはお互いのことを初めてきちんと話〉すことが出来ている。登場人物たちは、普段本音をさらけ出さずに人と関わっているが、サムの死をきっかけに相手のことを知ろうとする心の変化が起こり、それぞれについて語り合っている。

この二つの短編に共通するのは〈ひとりじゃない〉ということ。さっちゃんは一人〈真っ暗な山の中で寝ころんで〉天を仰いでいると、ふと〈世界中の人に愛されたい〉と思う。そして、身籠った子どものことを考えた時〈ああ、あたしは、ひとりじゃないと、唐突に思〉う。これまで、誰も侵入しなかった自分の世界に、カザマ君を呼び込んだことで、彼を思う自分や自身も身籠った子どもを通じて客観的に自分を見たことから、〈ひとりじゃない〉ことに気がつけたのだ。

〈ひとりじゃない〉と思うことの底辺にある気持ちは、誰かに大切にしてもらいたいという願いだ。作品からは、上手くいかないことがある人生でも、自分のことを大切に思ってくれている人は必ず存在すると気がつかされる。

（二〇〇九年度幼児教育科卒、白百合女子大学三年）

死——「サムのこと」——藤谷ゆう

サムは、死んだ。

「サムのこと」（『あおい』小学館、04・6）は、アリ・ハス・スミ・モモ・キムの五人がサムのお通夜に行くところから始まり、思い出話とともに、昨日死んだばかりのサムのことをアリが淡々と語っていく話だ。アリは、有本だからアリ。他の四人も、ハスはすみ、スミは角、モモは桃子、キムは金と名前そのままに呼ばれている。しかし、サムの本名は、伊藤剛。サムは初めからサムで、なんでサムなのか、アリを含め五人ともサムが死ぬまで誰も知らなかった。アリは、〈サムは相当しつこくって、面倒くさい奴だ〉と言う。けれど、アリはそんなサムと、五人の中で一番中が良いという自信があった。

アリの語り方は、まるでサムがまだ生きているようで、ついついこっちまで、サムって死んだ人？　と確認したくなる。だが、アリは自分に言い聞かせるように〈サムは死んだ〉とか〈サムは死んでいた〉と何度もサムの死を主張する。アリたちはお通夜で、はじめてサムの家族に会い、サムのことについて知らないことがたくさんあったことに気づく。七人兄弟だったこと、ナイーブな性格で、人の気をひくためによく嘘をついていたこと、そして〈サム〉は、お兄さんのあだ名だったことも。

そして、通夜に参列した一人一人が、サムとの思い出を語り始める。サムはよく人に説教をする癖があったり、ホモのアリには、異常だと面と向かって言ったり、男好きのモモには、「もっと自分を大事にしろ」と言う。サムの説教は、言われたときはかなり〈うっとーしい〉ものだった。でも、死んでしまった今考えると、サムはよい聞き役だったことに気づく。

サムの死によって、アリたちの心のなかで、サムの存在がどんどん大きくなる。目の前にあるときは、そこにあるがゆえに安心して何も思わない。それどころか雑に扱ったりする。それが亡くなったとたんに、中身がどうなっていたんだろうとか、裏はどうなっていたんだろうとかあれこれ考える。

アリを通して語られるサムのお通夜の様子は、ドラマのように過激で悲劇的な世界ではなく、死んだばかりの人間を目の前に、ただただ途方に暮れていて、悲しいとか辛いとかではない無機質な感情や、たまにその人が死んだことを忘れて「ああそうだ死んだのか」と気付いたりするように、人間の死に対するリアルな感覚が表れている。

お葬式やお通夜の、あのどんよりとした暗く重い空間から、一歩外に出ると、いつもと変わらない日常がそこにあり、私たちはまた、その世界でいつもと変わらない生活に帰っていくのだ。人間が最も避けたいと思う死について、深く踏み込むわけでもなく、さらっと流すわけでもなく、このくらいでいいんちゃう？　と教えてくれるような、そんな小説だ。

（英語科二年）

日常の中にあふれる　家族のめいっぱいの愛と、パワフルな希望──『さくら』──

上村　茜

長谷川一家は、ごく一般的な家庭ではあったけれど、ハンサムで優しく宇宙で一番幸せな父親と、美しく世界中の暖かさを持つ世界一幸せな母親、自然に皆を惹きつけてしまう長男一、風変わりだけれど誰もが振り向く美しさのミキ、この物語の語り手であり唯一平凡な容姿を持つ次男薫、そしてお世辞にも素敵な犬だとは言えないけれどみんなに愛されるサクラ、この五人と一匹で、幸せな生活を送っていた。しかしその家族は、長男一の事故、そして死からはじまる様々な出来事によって壊され、バラバラになっていく。それはしかしその家族の再統一は、サクラの緑のうんこ、というなんともしょうもない出来事によって果たされる。この物語のカギとなるのは、他でもない飼い犬のサクラなのだ。

『さくら』（小学館、05・3）は、日常のありふれた出来事の中にある尊い幸せを感じさせてくれる。その基盤となっているのが、長谷川家とその周りの人々の「恋愛」なのである。しかし、作者も最新刊『白いしるし』（新潮社、10・12）について〈私的に初めての「恋愛小説」だ〉（「Official Website」、http://www.nishikanako.com/index.html 10・12）と述べているように、『さくら』は決して恋愛小説にはなっていない。薫をはじめ、登場人物は皆、誰かに恋をしている。薫は湯川さんに、一は矢島さんに、ミキは一に、両親は互いに、薫さんはミキに、サキコさんは父に、それぞれが真剣に恋をしている。そんな愛と恋にあふれたこの物語を恋愛小説ではないものとしているのが、サクラだ。サクラは長谷川家の一員として〈おしゃべり〉しながらも、人間ではない微妙なポジションにおいて、日常の幸せを家族にもたらしている。

サクラは、まるで薫の恋をすべて知っているかのように、〈いってらっしゃい！　恋っていいわね、うふふ。〉という。しかし一方で、一が事故にあって、誰もがギクリとしてしまうような風貌になって帰ってきたときは、〈一くん、お帰りなさい！　随分お久しぶり、この銀色に光る椅子はなあに？　かっこいい！〉と、一自身の見た目の変化には一切触れていない。本当に気づいていないのか、それとも空気を察して気づかないふりをしているのか。いずれにしても、そのサクラが〈変われへんこと〉を象徴している。

そしてそのサクラは、一が自ら死を選び〈ギブアップ〉したその日から、〈言葉を忘れ〉てしまうのである。しゃべらなくなったサクラはあまりに犬らしくみえる。しかし、物語と言えど、サクラは言葉にしてしゃべっているわけでは決してない。サクラを女の子らしいと思っているのも、しゃべりかけてくれると思っているのも、語り手である薫なのだ。つまり、サクラが言葉を忘れてしまったというのは、薫がサクラの声を感じることができなくなったということである。西加奈子の『きいろいゾウ』（小学館、06・2）でも、主人公のツマは動物や植物の声が聞こえるといっている。ツマは動植物と会話までしており、その特殊性はより強まっている。どちらも動植物などの思うことを自己解釈して、コミュニケーションを取っているつもりでいる。動植物の声が聞こえるということは一般的に、社会的に、ありえないこととされている。それを自ら当たり前とすることが、まだ社会に適応しようとしていない姿勢と取れる。つまり、この動植物との会話は、精神の幼稚性、つまり成長段階であるということを表している。

しかし、この二つの作品には、大きな違いがある。『きいろいゾウ』のツマは、夫のムコとの問題を解決し乗り越えたことで、動植物の声が聞こえなくなったまま終わる。未成熟な精神を捨て、大人の夫婦へと向かったツマにはもう、彼らの声は必要なかったのだ。一方『さくら』の薫は、大晦日の夜、家族の再統合を果たしたことで、またサクラの声が聴こえるようになる。これはもちろんサクラが大切な家族の一員であるということもあるが、何より薫の心がまだ完成されていないということに起因する。薫は一の誠実な愛を知り、ミキの悲しいほど真っ直ぐな愛を知り、両親の温かな強い愛を知った。しかし、彼はまだそれを自分のこととして実感出来ていない。今の彼女との関係もあやふやにしか描かれていない。また、薫の家族に対する思いもその要因である。事実、正月を迎えた長谷川家は、新たなスタートラインに立ったばかりだ。まだ手探りのことも多いであろうその家族には、そして薫には、サクラのおしゃべりが必要なのだ。

この物語の訴えたいことは、すべてミキの、〈好きやって、言う。〉に始まる終盤の長いセリフに詰まっている。好きな人ができたら、その人がいついなくなってしまうかわからないから迷わず伝えること。もし両想いだったら、ありがとうと伝えてセックスすること。生まれてきた子がどんな子であっても、生まれてきてくれてありがとうと伝えること。絶対に、その子より先に死ぬこと。兄が好きなこと。それは、めいっぱいの愛で、小さいけれどきらきらと輝く希望で、実に痛々しい。しかし、澄みきっていて、力強いその言葉たちは確実に読者に何か熱いものと希望を与える。兄・一を唯一愛し続け、誰よりも許されない恋に、ミキは苦しむ。兄が事故に遭って容姿が大きく変わっても、もう他人に好かれることがないだろうということをむしろ喜び、愛することをやまなかった。その恋は非常にいびつで重いが、純粋である。そのミキに、愛を教えられる。こんなに小さな家族の中で、単純に心から人を愛するという誰もが素晴らしいと思える「愛」を知ることができるのだ。

しかし本当に大切なのは、そんな日常の幸福に、「愛」に、ミキが気付いたということなのだ。愛や幸福は、どんなに辛い絶望の中でもきっとあり、そっと寄り添っている。しかしその事実も、それに気づけなければ感じることができない。それを長谷川家の人々に、誰より薫に気づかせてくれたのがサクラだった。平凡な容姿を持ち、想いを伝えきれなかった恋の経験を持つ薫目線だからこそ、読者も異様だが尊い愛の存在を受け止められる。そしてその愛に気づいた瞬間、サクラの〈おしゃべり〉がまた始まる。その〈おしゃべり〉こそが、長谷川家を希望に導いてくれる。

僕らはサクラが話すのを聞いて、世界がどんなに愛に満ち溢れているのかを知ったし、無駄なものはひとつも無いのだということを知った。

ところで、タイトルの〈さくら〉からは桜の花、春が連想されるが、表紙に描かれている絵は明らかに春ではない。描かれている裸の木とどこか無機質で寂しげな街は、この物語の舞台、現代の年末年始のニュータウンを表しているのだろう。それは、一がヒーローだった過去の長谷川家の幸せに戻るのではない。サクラも物語の中で〈「早く、春が来ればいいいなぁ。」〉という言葉は、サクラの名前の由来になったピンク色の花が咲く春への希望を表している。長谷川家は、再生へと向かう。サクラと共に。たくさんの愛と共に。桜の咲く希望の春へ。

この家族いっぱいにあふれる愛は、痛々しいけれど、だからこそパワフルな希望なのだ。

（英語科二年）

『さくら』における色彩——赤から白へのグラデーション——

小林あずさ

『さくら』（小学館、05・3）は、家族の回復の物語である。主人公の薫は、兄に憧れながら育った。華奢な陶器のように美しい母とハンサムなインテリの父、美貌の妹、そして犬や心配性の祖母に囲まれて育った。一が事故に遭うまでの生活は、祖母の死や、薫の初恋のエピソード、一と矢嶋さんの悲恋など、明るいものばかりではない。しかし、登場人物たちがお互いを思いやる幸せすぎるほど幸せな家族の生活として描かれている。

その家族を一気に崩壊させるのが、一の事故と自殺である。事故による障害や、それを苦に自殺する一のエピソードはそれまでの一家のエピソードとは違うトーンの生々しさや残酷さがある。それにより幸せだった家族が隠していた生々しい面が露になり、崩壊してしまう。

なかでも妹ミキの一への恋愛感情は一の死によって顕在化したものの一つである。兄への抑えきれない恋愛感情により、一の最愛の恋人であった矢嶋さんとの文通を断ち切るような工作を行う。これは薫により物語のなかで兄の事故そして自殺へとゆるやかに関連づけられている。この恋の比喩として使われているのが赤色である。ミキが赤すぎるほど赤いペデュキュアを塗っているという描写は何度も登場する。また、ミキが矢嶋さんの手紙を盗んで貯めていたのはランドセルであり、赤だ。この他にも、赤は比喩として使われている場面は多々登場する。薫に情熱的な恋愛感情を寄せるゲンカンや、美しい母を回想する描写だ。それぞれが女が女として美しいという表現である。また、文章中に語られているという訳ではないが、一の交通事故も赤の比喩を語る上で言及したい。推察するに、一の凄惨な交通事故では大量の血が流れただろう。一面の赤い情景は想像に難くない。

色彩という点で考えるとき、生々しさを中和しているのは白ではないだろうか。まず、白が登場するのは老犬サクラの眼である。白内障で白くなったサクラの眼は、〈真っ白になっていて、僕のことも、おぼろげにしかみえていないのだろう〉とある。急激に老いた愛犬を撫で、不細工に見えてしまうまで喜ぶ姿をみて笑ってしまうという場面は、老いた愛犬を哀れむよりもむしろ愛情や親しみを感じさせる。しかし、この物語において白は老いや死の比喩としても使われている。死んだ祖母の形容として〈蝋燭みたいに白く光って〉というように何度も白という色彩を使っている。また、一が首吊りをした木も〈死んだ何かの骨のように真っ白〉という表現を使っている。

この白によって中和された赤は、ピンク色つまり、サクラ色になるのではないだろうか。これは言わずもがなだが、タイトルの〈さくら〉にも通じるものがある。『さくら』は、赤によって表現された生々しいものが白によって中和されていく物語である。赤で表象されたミキの兄への熱烈な恋愛感情は、色褪せたランドセルとして父によって処分され、赤すぎるペデキュアはピンク色へと色をかえた。父が帰還し長谷川家の幸福の象徴であるサクラを病院に連れて行く夜、月はサーモンピンクに輝いていた。熱情の赤と白が混じり合いピンク色になったとき、家族は取り返しがつかない時間をそのままに前に歩きだしたのではないだろうか。

（二〇〇九年度英語科卒、武蔵野美術大学三年）

「こなす」から「生きる」へ——通天閣からみおろした日常——

久保田　亮

大阪は新世界のシンボル「通天閣」のてっぺんからその界隈を見下ろし、眼下に広がる景色にまぎれる〈俺〉、そして〈私〉の物語を交互に眺める。本書はそんな小説だ。そこに西が描き出したのは、お世辞にも華やかとは言えないし、幸せとも形容しがたい二人の日常に差し込んだ「明日」を照らすささやかな光、そして通天閣から見下ろしている者だけが知る、ある出来事を通した〈俺〉と〈私〉の人生の再交錯である。

一方の主人公である〈俺〉は四十代半ばのバツイチのおっさんだ。彼は通天閣近くのワンルームマンションに暮らし、単調な日々を「こなして」いる。彼は自分から人と交わる事を頑なに拒否しながら、〈連綿と続く、死ぬまでの時間を、飲み干すようにやり過ご〉そうとする。彼の姿勢からは、明日への希望も、そして明日への不安さえ微塵も見いだすことが出来ない。けれど彼はこの「生き方」を気に入っている、ないしはそれに納得している訳ではない。誰かが自分を見いだしてくれる事への憧れを心の奥底に抱いていることがそこかしこから伺えるからだ。そして彼の勤める工場の新人であり、妊娠中の妻がいる小山内との出会いをきっかけに、〈俺〉はこれまでのこなす生き方を徐々に問い直し始める。

もう一人の主人公である〈私〉は二十代の女子だ。三ヶ月前に二年間同棲していた恋人マメが突然ニューヨークに留学してしまい、その後はただマメとつながっているという感覚だけを糧に日々を送っている。マメが彼女の日常から姿を消した後、いかがわしさ満点のスナック「サーディン」で働き始めるものの、〈私〉にとってそれは生活のためではなく、〈ただただマメの気持ちを、私にひきつける〉ための手段に過ぎない。〈私〉の頭の中はマメのことでいっぱいなのだ。けれどある日の午後、〈私〉はマメに電話で別れを告げられてしまう。日々をこなすための唯一の支えであるマメとのつながりを失い、〈私〉は途方にくれ、泣き続ける。

二人の物語は大阪ミナミという舞台を同じくするものであるが、ある瞬間まで交わることはない。二人の物語は過去のある一点において交錯していたことは後ほど語られるものの、二人が言葉を交わすことすらない。けれど二人の日常はいずれも人生を「生きている」ではなく「こなしている」という点で重なり合っている。

〈俺〉には子連れの女性と結婚し、離婚した過去がある。彼はその結婚生活を〈まやかしの人生〉だったと振り返りつつ現状を肯定しようとする。しかしそれは彼の本心とは言いがたい。むしろ離婚という経験、より正確にいえば「女に愛されたという経験」ならびに「連れ子を愛することが出来なかった経験」を彼は忘れられずにいる。深い自責の念が彼に人生をこなさせるよう仕向けているのだ。

それを示すのが、彼の部屋にある沢山の時を刻まない時計だ。いずれの時計も電池が抜いてあるので、当然時を刻むことはできない。これらの時計は離婚後の旅行の折に、彼が日本各地から買い集めてきたものだ。カチリとも音を立てない時計たちは、前に踏み出さない、あらゆる変化を望まないという彼の決意を象徴していると言えよう。血の通った人生、すなわち〈まやかしの人生〉からは距離を置かなければならないと自らに言い聞かせているのである。

他方の〈私〉にとっては、マメのいない現実こそが〈まやかしの人生〉だ。マメからの電話が少なくなりはじめたことで、〈私〉は別れが近いことを確かに感じ取っていたはずだ。けれど彼女はそれを決して認めようとはしない。不安をかき消すため、〈私〉はアルバイト先のトイレで鏡に向かって〈「私たちは別れたわけではない」〉という言葉を呪文のように繰り返す。〈頑張れば頑張るほど、ふたりの関係が、確固たるものになる〉と思い込むことだけが、マメのいない三年を乗り切るために彼女に残された唯一の選択肢だった。だが〈私〉の希望はたった一本の電話で打ち砕かれてしまう。マメからの電話は、〈まやかしの人生〉としてこなしていた日々こそが彼女の現実であることを冷酷に突きつけたのである。

その後、二人の物語は「再び」交錯する。〈俺〉のマンションの住人であり、彼がホモだと疑うダマーの、通天閣からの飛び降り騒動の現場に、二人が偶然居合わせたのである。

その時、〈俺〉は自転車泥棒の疑いをかけられ、通天閣近くの交番で取り調べを受けていた。実はこの自転車は小山内の自転車で、以前勤めていた近所のうどん屋から彼が拝借したものだった。〈俺〉は産気づいた妻の元へ急ぐ小山内に自分の自転車を貸し、その代わりに「彼の自転車」に乗っていただけだった。

ここいらに住んでいる人間は皆、俺のような人生を歩んでいるものだと、思っていた。でも、どうだ。一人は自分の盗んだ自転車の罪を知らぬ間に免れ、挙げ句、これから家庭を築こうとしている。自分の娘を、自分の手で育てる、まっとうな生活をしようとしている。それに比べて、もうひとりは、何だ。……情けなくて、情けなくて、本当に死にたくなった。

彼は日常を淡々とこなすことすら、拒絶しようとしていた。

一方の〈私〉は「サーディン」のママに誘われて、通天閣にのぼっていた。ママは〈私〉の事情を察し、かつて「サーディン」のオーナーが自分にしてくれたように〈私〉を通天閣に誘い、その展望台で〈私〉を元気づけようとしていた。

けれどママの言葉は〈私〉には届かない。

ママの話は、臭かった。ぷんぷん臭った。あんな臭い話で、私の元気が戻るなどと思われていたら、本当に迷惑だ。ビリケンさんを撫でる人と一緒だ。こんな胡散臭い顔をした、悪いキューピーみたいな銅像を撫でて、幸せが訪れるわけがない。あんな話で、私のこの傷ついた心が、元に戻る訳がない。

〈私〉は未だ「マメのいない明日」が見えない。

そんな二人が居合わせた通天閣からダマーは飛び降りようとしていた。〈俺〉はそんなダマーに自分を重ね合わせていた。誰かに自分を見いだしてほしい、誰かに必要だと言われたいというダマーの叫びは、〈俺〉自身が他人にも、そして自分自身にも長年ひた隠しにしてきた「憧れ」と重なるものだったからだ。ダマーを救うことは自分自身を救うことのように、彼は感じていた。しかし〈俺〉にはダマーを救う言葉がみつからなかった。

その最中、〈俺〉は〈「雪やっ！」〉という女の声を野次馬の中に聞く。それはマメが残していったビデオカメラ越しにダマーを見る〈私〉が発した言葉だった。彼女の声は〈俺〉の〈まやかしの人生〉での記憶を鮮明に呼び覚ました。それは二十年前に〈俺〉が捨てた妻の連れ子が、ある雪の日に発した声だった。その娘の名前は雪といった。

そして〈俺〉はダマーに向けて大声で叫んだ。それは〈俺〉自身に求めた、そして別れた妻や雪にあのとき伝えられなかった言葉だった。

お前のことがっ、好きやあああああああああああ
俺にはお前が、必要やっっ‼

死なんといてくれえええええええっ！

〈私〉＝雪は〈俺〉の「告白」を聞くダマーをカメラ越しに見つめていた。そして鼻水と涙でぐちゃぐちゃの彼の汚い顔に「幸福」と「美しさ」を見いだす。そして〈誰かに愛されている人間は、あんな表情をするのか〉と嫉妬し、羨望の眼差しを送る。けれど雪は気付く。誰かに愛されたい、ではなく、私が愛そう、なのだと。雑踏の中で声を張り上げ、ダマーへの愛を力強く叫んだ男のように、身体から愛情をしみだしていた、幼き日に母と自分を捨てて出て行ったあの男のように。雪の心の傷はまだ癒えてはいない。けれど彼女はマメのいない現実を「生きていく」ことに決めたのだ。

そして〈俺〉も自室の時計にそろそろ電池を入れてもいいかと思うようになる。通天閣の一件で彼はちょっとした有名人となり、おまけに自転車盗難で前科がついてしまったが、〈俺〉もまた「生きていく」ことにしたのだった。

本書は小説であり、実際に起こった出来事を再構成したものでは当然ない。しかし現代を生きる我々の文化やその社会状況が反映されている。最後にこの点について二点だけ指摘しておきたい。

たとえば本作の主人公である〈俺〉が漂わせる息苦しいほどの閉塞感は、様々な社会問題を抱える我々自身の日常と多いに重なる。産業構造の大幅な転換を機に、我々は将来に対する漠然とした不安を抱えながら生きざるを得なくなった。そして「希望格差社会」という言葉が示すように、頑張ったところで現状は変わらないという諦めが社会的に広がりを見せている。それゆえにとりあえず「こなす」だけの日々を送らざるを得ないと感じている人びとも多いのではないだろうか。

また本作の主人公である〈俺〉は、妻の連れ子に対し、あけすけな愛情を伝える事ができなったことを酷く悔やんでいる。そしてそれに対する後ろめたさが、〈俺〉が日々を生きるのではなく、こなすものと意味付けるようになった大きな要因であると推察できる。しかしこの〈俺〉が雪を愛せなかったということの根底には遺伝子的な結びつき、ないしは「血のつながり」こそが親子の情愛の基礎となるという前提が潜んでいる。評者が専門とする人類学的研究においては、遺伝子が受け渡されたという事実それ自体が親子関係を規定する普遍的な必要条件ではないし、情愛の基礎でもないことが示されている。無論こうした文化的側面を取り込んでいるからこそ、本書は多くの人びとの支持を受けたことは確かだ。けれどこうした親子関係の特別視は、決して人類普遍の視点ではないことは指摘しておこう。

もちろんこれらの指摘は本作の評価を左右するものではない。通天閣から見下ろした雑踏にまぎれる二人の物語が交錯する瞬間に立ち会えた事を、評者は手放しで嬉しく思っている。

（本学専任講師、文化人類学）

〈通天閣〉は心の柱——豊泉恵加

『通天閣』（筑摩書房、06・11）は、町工場で働く超現実主義者の中年男と、スナックで働きながら別れた恋人を未だに待ち続けている若い女の物語である。大阪の下町を舞台にし、二人の日常生活が交互に描かれている。

登場人物が多いことが、この物語の特徴だ。人物たちは男女二人も含めて、均等に書かれているように見え、みんなが脇役でそれは大阪のこんとんとした雰囲気が伝わってくる。

ガードレール沿いにいるジジイは〈胸のはだけた薄汚い格好〉をしている。「大将」の親爺は溌剌とした性格で店員の若い女は、〈「いつものですね?」〉と人懐っこい。店でよく一緒になる男と女は、男は四十くらいで、女は女の格好をした男だ。一緒のマンションのオカマのような男は、家の扉に〈ジム・キャリーはMr.ダマー〉のチラシをたくさん貼っている。工場長は中年男のことを〈リーダー〉と呼ぶ。工場の新人の小内山は〈ドモリ〉である。マメは若い女の元彼。「サーディン」のオーナーは若い女を〈チーフ〉と呼ぶ。「サーディン」のママは声が小さく何を言っているのかいつもわからない。タッチさんはオカマで〈生理〉を嫌っている。若い女の母親はあまり物事を深く考えない。

登場する多くの人物はどのキャラクターも個性が強く少しウザイ。二人に接点はないが、二人とも固有名詞で呼ばれていない。この町には、女の格好をした男が中年男の生活に二人。若い女の生活にも一人登場している。

一般的に受け入れがたいオカマに対して偏見がなく、許容範囲が広い。彼女らは、いつも情緒不安定で、また、〈ドモリ〉の小内山と声が常に小さい「サーディン」のママなど、言葉が不安定だ。不安定な人物がよせ集まって生活しているのだ。心が安定しない人物たちのコミュニティにある〈通天閣〉は、彼らの心を保つために意識しなくても大切な存在としてある。物語の最後に、彼と別れて落ち込む若い女をスナックのママが誘い、〈通天閣〉に登る場面がある。〈通天閣〉は、そこに住む人にとって、心の支えとなっているのだろう。

心がバラバラに揺れ動いても、見あげればそこに〈通天閣〉はある。心の柱は動かない。〈通天閣〉は〈いつもそこにある〉から安心なのだ。

物語は、中年男と若い女の話は小説ラストで重なる。西加奈子は〈通天閣〉に対して〈「自分は相変わらず自分しかなくて、日常もなーんも変わらへん。通天閣はいつもそこにある。」〉と語った。

『通天閣』は一見、ただの中年男と若い女の日常生活が書かれている平凡な物語に感じるが、その中に大阪の暮らしや大阪で暮している人にとっての〈通天閣〉への思いが鮮明に描かれている。個性的なキャラクターが大阪の活発でにぎやかな雰囲気をだしている。大阪の人にとって〈通天閣〉は大阪の家といえるだろう。

しかし、大阪以外で育った人にとっては〈通天閣〉に対してのこのような思いは理解しにくい。しかし物語を通じて彼、彼女等の心情が色濃く感じとることが確かだろう。例えば、富士山を見ると感動したり家に帰ってきたと思う安心は登場人物たちの〈通天閣〉に対しての思いと同じなのだろう。

私たちも個々に心の柱《つうてんかく》を持っているのだ。

（英語科二年）

人間の生きる目的とは――『通天閣』――

前川愛美

二十世紀最大の歴史家アーノルド・J・トインビー（1889―1975）は、人間の生きる目的は次の三つであると述べた。愛すること、英知を働かせること、そして創造すること、である。

『通天閣』（筑摩書房、06・11）の主人公は、一見この三つのどれも満たしてはいない。主人公の一人である大阪ミナミの町工場で働く四十四歳の〈俺〉は、人生を楽しむことなくただこなしているだけの男である。〈「生きている」というのはもっと血のかよったことだ〉と思うのに、〈もうどうでも良い〉と人生を謳歌することを諦めてしまっている。しかし、諦めた人生でも日々の時間を過ごすなかで、様々なことに考えを巡らせている。行きつけの中華屋「大将」の主人と女性従業員の言動をいちいち気にしたり、また同じアパートに住む、自分に気のあるらしいオカマを気持ち悪く思ったり、喫茶店から見えるお爺さんの生い立ちや現状を勝手に推測したりする。どれも哲学的なことでも高尚なことでもないが、〈俺〉は常にこれらについて考えている。

作者は〈俺〉のこうした、心の内に〈気持ちをため込んでいくプロセスを書くことにポイントを置いた〉（「小説現代」07・1）と述べている。人生を諦めているようにみえる〈俺〉はあらゆることに考えを巡らせている。このことは、トインビーの述べた人間の生きる三つの目的の一つ「英知を働かせること」をおおいに満たしているようにも感じられる。しかし〈俺〉は誰かを「愛すること」もしていないし、「創造すること」もしていない。

トインビーは「三つ満たしてこそ人間として生きているといえる」と定義しているが、偉大な歴史家より、私たちと同じ平凡な〈俺〉の在り様からは「一つでも当てはまっていればそれは生きているということなのではないか」というメッセージが伝わってくる。

〈俺〉は、不平不満を内に秘めながらただ時間をやり過ごすような毎日に絶望さえ感じている。しかし〈通天閣〉で起きた飛び降り未遂事件を目撃したことにより、気持ちに変化が表れる。こんなしょうもない毎日こそ〈俺〉の人生なのではないか、と思い始めたのである。

しかし、私たちの生活がTVドラマのようには変化しないように、〈俺〉の状況は物語の最初と最後で殆ど変わっていない。良くも悪くも事件には滅多に遭遇しない、代わり映えのない平凡な毎日の中で、幸せを感じることもあれば絶望を感じる瞬間もある。そして〈俺〉のように一度絶望を感じてしまうとなかなかそこから抜け出せないこともある。作品には、何も変わらないことが悪いのではなくて、何も変わっていなくても良いのではないか、という作者のメッセージが込められている。

そしてこのメッセージは、通天閣という極めて庶民的な場所が舞台だからこそ、より読者の心に響いてくるのだろう。もし舞台がエッフェル塔であったなら平凡な〈俺〉の物語は成立しないだろう。ミナミの住民の心の拠り所であり、日立のネオンが煌々と輝く、だけれど平凡な通天閣が舞台であることが、「特別な存在でなくても良いのだ」と平凡な読者に思わせてくれる。

（英語科二年）

受け入れるべき価値観――「影」――市川絢子

『しずく』（光文社、07・4）に収められた六つの短編はすべて様々な視点から女同士を描いている。その中で「影」（06・10）は、女同士のおだやかな交流を描いた物語である。

田畑は、周囲から物事にしつこくこだわらない〈強い女〉だと思われていた。しかし、実際彼女は、いつも周りの視線を気にし、評価に怯え、発言・行動するときに常に〈こういうとき、「私」なら、なんていうだろうか。〉と、自分に問いかけ、いつも周囲の思う「私」を忠実に演じていた。彼女は周囲から良い人間だと思われていたいという心情と、本当はそう思っていないのだという心情の二律背反な思いを抱えている。

社内で〈結婚まで秒読み〉の同僚二人、橋爪さんと貫井さんは、共に目立たない存在だった。しかし、田畑は、不倫という形でふたりの仲を裂いてしまう。貫井さんも、田畑と同様に周囲の思う「貫井さん」を演じており、そこに惹かれたのだ。しかし、同じだと思っていた貫井さんから自分をこういう人間と〈決め付け〉られたことに衝撃を受ける。不倫があかるみに出た田畑は、周囲から非難され会社を辞める。辞める日に見た〈影〉は〈薄く頼り〉なかった。傷心を癒すため、一人旅で訪れた島の砂浜で見た〈影〉は、〈きちんと黒〉かった。これらの〈影〉は、いったい何を表しているのだろうか。〈影〉は、自分自身を映した姿であり、自身が存在する限り〈影〉も存在する。つまり〈影〉は、もう一人の自分だ。〈影〉を形成するのは自分自身でありながら、光の当て方や環境によって様々に形を変える。しかし、本来の自分が思う自分とは異なるもう一人の自分が〈影〉となって自分の前に現れるから、そこに対立、葛藤などが生じてしまう。

では、なぜ〈影〉とは受け入れがたいものなのか。自分の思うままに振舞い行動することは難しい。会社を辞める日に見た〈薄く頼り〉ない〈影〉は、その抑圧された自分を表している。つまり田畑が見ている〈影〉は、「受け入れるべき価値観」なのだ。田畑は〈薄く頼り〉ない〈影〉や、自分が解放されて一人で島に旅に出たときに砂浜で見た〈色濃い〉〈影〉など、環境や太陽の光の強さによって形が変わってしまう自分の〈影〉を客観視することによって、自らを変えていこうとしているのである。〈影〉は自分の心の内を表し、〈影〉を受け入れるということは、《自分》を受け入れるということである。

島に住む恋人を事故で亡くしたショックから人に嘘をつくようになった女の子、みさきの存在がその田畑の変化を手助けする。田畑は、みさきに哀れみを感じていたが、みさきの前では、自分が思っていることを何も考えずに言えることに気付く。それは、みさきが、周囲に何と言われようと自分の心に従い生きていっているからであり、みさきも田畑と同様に心に傷を持っているからである。みさきは田畑の〈影〉である。

〈「皆から自分という人間を決め付けられるのは、恐ろしいことです。」〉という貫井さんの言葉は、人間が他者からの決め付けにいかに左右されるものかを指摘していた。確かに、他者からどう思われるかは気になるところだ。しかし、みさき〈影〉と出会ったことで、〈嘘をつこうが、自分を作ろうが、それをするのはすべて「自分」〉であり、人間がそれぞれが異なる見解を持ち判断するのは当然であるという、あたりまえの事実に田畑は気付く。

「影」は、様々な人々が共存する世の中で、〈影〉〈自分〉を受け入れることによって、自分を〈決め付け〉ず、自分の価値観に従って生きようと強く誓った女性の物語である。

（英語科二年）

現代がつくりだした不自然な女達──「木蓮」──千吉良尚美

〈奇想天外なことができても、大げさやなくて、着地点は結局最初と変わらないみたいのが好きなんです。〉（「ダ・ヴィンチ」07・6）と西加奈子は言う。短編集『しずく』（光文社、10・1）には、様々な関係性を持つ女二人の物語が6話収録されている。その多くはファンタジーでもなく、大きな目標に向けて頑張るというような成長物語でもない。精神科医である名越康文は、〈以前はフィクションに求めるものは、沈滞したムードを打開してくれるようなもの、現実から離脱したものだった。でもいまは、この現実世界の実感を与えてくれるものを求めている。〉（「Frau」07・7）と述べているが、『しずく』はまさにその〈現実世界の実感〉を与えてくれる短編集である。

現代を生きる様々な世代の女性視点、例えば偶然再会した小学生時代仲良かった二人（「ランドセル」06・4）や、大家と少し変わり者の借主（「灰皿」06・6）など、決して親密な関係ではない二人組が描かれている。

もし、子どもにSEXという落書きを指差され、あれはどういう意味だと聞かれたらどうするか。そして、それが恋人の子どもだったら。「木蓮」（06・8）は、三十代の女、〈私〉の物語である。〈私〉は、交際をしているバツイチの〈彼〉を逃したらもう後がないと結婚に焦りを覚え、少々無理して〈彼〉好みの女性になりきろうとしている。そんなある日、〈彼〉に前妻との子ども・マリを一日預かってくれないかと頼まれる。〈私〉は元々子どもも嫌いだが、〈彼〉に嫌われない為にも、マリに嫌な印象を与えるわけにはいかない。〈素敵な恋人〉とどうしても結婚がしたいという女心一心である。しかし、世間一般的に子どもたちが喜ぶであろうと思われることをマリにしてみても、マリには通じない。動物園に行き、〈キツネさんだ！　コンコン！〉とはしゃぐのは〈私〉であり、マリはその様子を〈「あ？　何それ？」という〉表情で、ぽかんとしている。〈私〉にはマリが何をしたら喜ぶのかが分からない。いろいろと試行錯誤するが、全くうまくいかず、やけくそになってマリと繋ごうとした、その手をパチンとはたかれたとき、〈私〉はもうどうでもよくなる。マリのことも〈彼〉のことも。そもそも本来の自分と程遠い〝〈彼〉好みの女〟にガンジガラメにされている自分なんて続くわけがない、と。

〈私〉が理想の女性になりきることに疲れ、もうどうにでもなれとSEXの意味をマリに説明したとき、マリは喜ぶ。マリは、本当のことを教えてくれない大人にうんざりしていたのだ。マリは、母親が選んだのであろうシンプルで洗練された服を着せられ、英会話教室に通わされ、外出でのおやつも、ましてやケンタッキーなんてありえないという環境にいる。それはそれで、世間的に上品で良い子どもに育つのだろうが、マリの親は、彼女の知りたいことを教えてはくれない。マリにとって、そんな時に本当のことを教えてくれる唯一の大人は彼女にとっては死んでしまったおばあちゃんだったのだ。おばあちゃんは、マリの親が教えてくれないようなこともマリに教え、マリの世界を広げてくれる存在であったのだ。

〈私〉は、自分の子どもの頃を思い出す。〈私〉が7歳だった頃、〈私〉は、両親が〈言い争いをしないでおこうとしていることも、私に何か重大な隠し事をしていることも、分かっていた〉。子どもは、大人が考えているほど何もわからないのではなく、何も考えていないわけでもない。子どもが理解するのには多くの説明を必要とするような大人の複雑な事情を説明しなくとも、なんとなく感じ取ることができるのだという感覚を、〈私〉は思い出す。〈私〉は気付く。子どもと大人の感覚に大した差はないのだと。きちんと自分と向き合ってくれることを、マリは大人に求めていたのだ。それまで、どんなに頑張って優しいお姉さんを演じてもマリは全く動じなかったが、〈私〉が素になった瞬間、マリは〈私〉に食いつく。どこか反発しあっていた二人が、分かり合えた瞬間だ。その急展開に読者もすっきり！

マリや〈彼〉に好かれるよう努力する〈私〉の本音が見え隠れするところが滑稽である。〈私〉の恋人は、無添加やオーガニックが大好き、子どもの叱り方も激甘、離婚した前妻とも友達なんだと本気で今の恋人に言うような、全体的に生ぬるく鈍感で、少々ナルシルト風のいわゆる草食系男子である。その一方で〈私〉は、〈糞！あの餓鬼！〉という品のない発言をぶちかます。そもそも彼との出会いの場であった飲み会で友人から彼を奪うという行動をみても、立派な肉食系女子である。それに加えて彼を逃さない為に細部まで彼の理想の女性像を演じるという結構なやり手でもある。この草食系男子と肉食系女子の関係性も、いかにも現代という感じだ。

「シンデレラ」のように、突如として王子様が現われ、二人は結ばれめでだし、めでだしというような恋愛は現実では難しい。〈三十代後半〉の〈結婚をしていない女性〉を表す〈負け犬〉（酒井順子『負け犬の遠吠え』講談社、03・10）が出版され、三十代女性の未婚者を世間的に〈負け〉とする風潮が出来上がった。酒井順子は、〈時代の影響も、ある〉、〈世界的な大不況となった今では、「ずっと一人で自由に生きるのも悪くないかも」といった甘い考えは駆逐され、「身を固めて安心したい」と思う人が増えるのは、当然のこと〉（『儒教と負け犬』講談社、09・6）だと述べている。女性の社会的な地位が確立しはじめているが、まだまだ男性社会の日本。働くことに喜びは感じるが、それで食べていくことは難しく感じている女性は多いはずだ。結局、安定した収入を得ている男性と一緒になることが楽に生活するための一番の術なんじゃないかという考えと、仕事に対する欲との狭間で、「木蓮」の〈私〉のような女性は生まれるのだ。〈彼〉の言動を〈「サムい！……」〉と思っても、そこには目を瞑ってでも手に入れたい安定した生活、というものがあるのだ。

「木蓮」は、ひたむきな努力が認められる成長物語でもなく、ものすごく努力家とか、容姿に恵まれているとか、すごい幸運が舞い降りるというような非現実的なものではなく、西加奈子が言うように、〈〝別に今のままでええんちゃう?〟みたいなノリ〉(「週刊女性」07・6・12)を持った、完璧すぎないところが、とても身近に感じられる小説だ。作品中で、自然と生えている〈木蓮〉に対し、〈私〉が買ってきたラナンキュラスの花言葉は晴れやかな魅力であり、彼にとって魅力的でありたいという〈私〉の願望を表す。そして、マリの名の由来である茉莉花の花言葉は洗浄無垢、マリの純粋さを表している。〈木蓮〉の花言葉は自然愛である。〈こんなところに木蓮の木があったなんて気がつかなかった。〉で始まる物語の冒頭、マリに取り繕うことをやめたときに見つけた木蓮、死んだおばあちゃんが好きだった木蓮を、なるべくいっぱい見つけたいと話すマリ、物語の最後には〈真っ白い花びらを広げ、路地裏で木蓮、そうだ、マリはそれはハクモクレンというのだと、教えてくれた。それがひっそりと立っている、あの道。そして、マリに言おう。「ばあさんの木は、こんなとこにもあるんだぜ。」〉という〈私〉のマリと同志になったかのような、胸の中の思いが綴られている。

マリのおばあちゃんが好きだった〈木蓮〉。〈木蓮〉はおばあちゃんの教えの象徴である。マリはおばあちゃんに、自分を認めてもらっていた。〈私〉は、マリと出会うことによって、マリのおばあちゃんとも出会い、幼少の頃の自分がマリと重なった〈私〉は、自分をも認めてもらった気がしたのだ。「木蓮」では、自分を偽る〈私〉を良いとも悪いともしない。しかし、〈私〉はマリと出会い、彼に嫌われないように無理をしていた自分を少し解放できたのだ。そして、読者も〈私〉を通しておばあちゃんの教えに出会い、自分を認めてもらうことができるのだ。そういう意味では、「木蓮」は世代を超えた女三人組の物語なのかもしれない。


(英語科二年)

ハクモクレンが届けてくれた友情——「木蓮」——矢口真衣

〈木蓮が咲いていた。〉と始まる「木蓮」は、マリと〈私〉の間に流れる、可笑しく、そしてどことなく優しい時間が描き出されている。

〈私〉は、子どもが嫌いである。〈私〉が抱く子ども観というのは、残酷であり、汚く、我儘で、自己中心的な歪んだものである。ある日、〈私〉は恋人の子どもであるマリを一日預かることになった。〈私〉はマリのことが大嫌いである。殺してやりたいとまで思っている。しかし、〈私〉にとってマリは恋人との関係を保持するために欠かせない人物である。しかし、今まで我慢していた偽りの〈私〉が、マリが〈私〉の手を払いのける〈パチン〉という音と同時に、崩壊してしまった。この瞬間こそが、恋人との仲をつなぐためのマリの存在が、恋人を介さない〈私〉とマリだけの温かい関係が生まれる方向へとシフトするきっかけとなった。

マリと〈私〉には「弱い」という共通点が存在する。その共通点を介し、マリは〈私〉に幼少時代の〈私〉を思い出させてくれた。幼少時代の〈私〉は、大人が隠していることのすべてを知りたいと思っていた。「子どもには分からない」なんてことは大人しか思っていない。子どもは大人が思っている以上に大人で、だけれど、繊細で、傷つきやすい、幼く弱い生き物であったからだ。

一方で、〈おばあちゃん〉はマリに何でも教えてくれた。マリの存在価値を見出してくれた。そんな温かなぬくもりのある場所を与えてくれる〈おばあちゃん〉のことをマリは大好きだった。〈おばあちゃん〉もマリのことが大好きであった、と同時に、庭に咲く〈ハクモクレン〉も大好きだった。マリは自分に〈ハクモクレン〉のように多くの愛情を注いでくれた天国にいるおばあちゃんに、木蓮を沢山見つけて、「ここに木蓮が咲いているよ。マリはここにいるよ。いつまでも見ていてね。」と、自分が元気でいることをおばあちゃんに伝えたかったのだ。つまり、ありのままのマリを認めてくれる存在として、〈おばあちゃん〉があり、その象徴として、木蓮がある。マリは〈私〉に〈おばあちゃん〉との大切な思い出がぎっしりと詰まる〈ハクモクレン〉を教えてくれたのである。そして、この思いに応えるかのように、〈私〉はマリに〈ハクモクレン〉が咲いている場所を教えてあげることにしたのである。

「子どもらしくない」という概念は、大人の都合によって創り出されたものに過ぎない。大人の世界には常に「都合」が生じ、また「嘘」が飛び交っている。その「都合」と「嘘」の間を行き来しなければならなかったマリを、〈おばあちゃん〉は「温かな真実」により守り続けていたのである。しかし、その〈おばあちゃん〉がいなくなってしまった今、〈おばあちゃん〉の次なる使命を与えられたのは〈私〉である。

つまり、マリの存在が、子どもとしてではなく、一人の人へ変化したものであり、これを、ハクモクレンと二人のぴたりとくっついた影は、二人の友情を現している。

ハクモクレンの花言葉、〈慈悲心〉が暗示するように、マリと〈私〉の未来は明るい。そして〈木蓮〉の花びらは太陽の光を集め、花先が必ず北側の方向を指すことから「コンパスフラワー」と呼ばれることがある。〈木蓮〉は〈おばあちゃん〉の象徴としてマリのことをいつも近くで見守り、また、〈私〉とマリの進む方向を太陽のような温かな場所へと続いているのである。

（二〇〇九年度英語科卒、昭和女子大学二年）

人間と猫たちの幸せでせつない物語――「しずく」――

宮川　香

「しずく」は、二匹の猫フクさんとサチさんの目線から、飼い主のシゲルとエミコの生活状況や環境の変化に即して展開する物語である。この作品は、二匹の猫の生活を表すとともに、二人の出会い、同棲生活の始まり、互いの価値観の変化、別れなどの恋愛過程が描かれている。

飼い主の同棲によって二匹は出会う。二匹は、新しい環境に戸惑うが、日が経つにつれ、「のおおお……。」「だふううう……。」といった調子で喧嘩をし、じゃれ合うようになる。そうした、平凡で、幸せな日々が続くかと思いきや、シゲルとエミコの仕事が忙しくなるにつれ、二人が、たびたび喧嘩するようになる。台所が汚れ、今まで、水道の蛇口から垂れる水滴を眺めることがいつのまにかできなくなったことから、何か、異変を感じる。そして、サチさんとフクさんは、〈オワカレ〉という言葉がよく分からぬまま、いつも近くにいた相棒がいなくなってしまったことに気づく。西加奈子の作品には、生活感に溢れ、人の感情の移り変わりが細かく描かれている。「しずく」は、猫を中心にして話が進行していくが、水道の蛇口から垂れる水を眺め、毛づくろいをするなどといった、人間にとってはとるにたらないことを、一生懸命に繰り返し行う様子が、猫らしさを忠実に再現している。家の中の空気感や猫の毛のふわふわした感触が文章から伝わってくる。そして、生き物や風景などの描写が光っている。また、フクさんとサチさんのじゃれ合いやいたずらする様子はとても愛おしい。

二人の仕事が徐々に成功するにつれ、食事も豪華になっていくので、食事を通して、人は生活の様子が変化していることに気づく。猫たちが、いつも飼い主の顔や声を聞いて、相手が何を思ったりしているのか考えているところや、飼い主が〈ごしごしと撫で、抱き上げて、頬ずりをする〉ところや話しかける様子は、飼い主と猫が互いの存在を認め合っているようだ。

二匹がよく遊んだ場所として、台所が出てくる。同棲当初は、二人ともあまり仕事が無かった。エミコは手作りのごはんを用意し、台所もきれいにしてあったが、忙しくなるにつれ食器がたまり、埃も溜まり、生活風景は変化する。猫だけではなく、人間にとっても台所は人が生きる上で大切な場所であるように思う。この作品の題名である〈しずく〉は、作品のなかで、始めにフクさんとサチさんの遊びの対象とされている。その〈しずく〉は後に話の中で重要な鍵となる。

二人が別れてから、お互い別々の新しい住居に住むようになる。引き離された二匹は、猫であるため、お互いの存在は忘れてしまっているけれども、二人が流した涙の〈しずく〉の感覚は、記憶の片隅に残っている、〈しずく〉で一緒に夢中になって遊んでいた頃に隣にいた、〈私の大好きなあの子〉がいたことを思い出させてくれる。〈小さくて、冷たい、水、流れ星みたいな〉という涙の輝きや質感を細かく描くことで、シゲルとエミコの別れの寂しさ、相手に対しての愛情が混ざり合った感情が伝わってくる。

〈でも、二匹が出会うことは、もう、無い〉、二匹はぼんやりと相方のことを思い出すことしかできない。なにかが欠けている感覚になる。物語を読み終えた後、切ない気持ちになる。けれど、自分の成し遂げたい仕事のためには、自分が選択した道であれば、取捨選択をしなければならないし、選んだものを、貫き通すことが大切であることが大切であるというメッセージが伝わってくる。

（専攻科英語専攻）

母の子である幸せ——「シャワーキャップ」——卯田円賀

これは母と娘、女二人の物語である。娘の、のんちゃんは、十八のときに東京に出てきて以来十二年ずっと一人暮らしである。そして、彼女の三度目の引っ越し先には、一人ではなく新しくできた恋人と住むことになっていた。そのことをわざわざ和歌山にいる両親に報告することもないが、彼女はそれを母親には報告することにした。〈母の性格上、言いやすかった〉とあるように、のんちゃんの母は、普通の母親が同棲をしようとしている娘に言いそうなことを口にはしない。ただ恋人の曖昧な情報だけを聞いて、「のんちゃんが、それでええんやったら。」という風なのだ。のんちゃんの母親は、娘とは全く対照的な人間性を持つ人物として描かれている。例えば、〈炊飯器の横に電話を置く〉だとか〈ピアノの上に洗濯物を放っておく〉だとか、とにかく雑な性格なのだ。それと同時に、とても無邪気で、奔放な母親は、まるっきり幼い子どものようにみえてくる。対してのんちゃんは、父親に似てか、とても几帳面な性格で、それも自分でも悲しくなるほど物事に対して慎重だ。恋愛に対しても、そうである。

ある日、のんちゃんは、恋人が女の人と親しげに歩いているところを目撃してしまう。彼のことを問い詰めたいけれど、彼女にはその慎重な性格のためか、それがどうしても出来ない。そんな時、のんちゃんは母のことがふと頭に浮かぶ。彼女のように、《考える前に口をついて出る、というような素直さが自分にもあったら。》と。

一口に「親子関係」といえどいろいろある。この物語に描かれているような「母と娘」なのか、もしくは「父と娘」か、はたまた「母と息子」という関係か、「父と息子」か。それぞれ「親」と「子」という関係だけでみれば同じではあるのだが、子どもの立場からみて、それを単に「親」としてみるのか、「友達」としてみるのか、逆に「子ども」としてみるのか、といった相手と自分の関係をどのような対象として捉えるのかということによって、接し方や感じ方もさまざまに変わってくるのである。

「シャワーキャップ」は、特に娘視点で母親との関係が素直に描かれている。この物語の中で、「母」は「子ども」のように、そして「娘」はその「母」のような立場で描かれている。それは、他の親子関係と違い、「母」と「娘」という関係だから成立するものであり、同じ女性であるということも物語の内容にリアリティーをもたせている。

「母」と「娘」といえど、全く同じような生き方をするわけではない。しかし、親が子を想う気持ちは人間共通して同じではないだろうか。それは〈「のんちゃん」そう私を呼び、私のために泣き、私を、恐ろしいほどに愛している、母がいる。〉という一文に現れている。

西加奈子の作品はどれも登場人物たちが思い、感じるままの意識の流れで物語が描かれている。だから読み手にはそれがどんな場面であるか想像しやすい。また作者の素直な性格が作風にそのまま如実に表れていることが伝わってくる。そのためか、この作品でも私は読んだ後とても素直な優しい自分になれた気がした。

（英語科二年）

『しずく』――回復する自己と前へ踏み出す力――髙見陽子

きわめて直観的な絆である。「しずく」で描かれる、二匹の雌猫の可笑しくてどこかせつない生の軌跡は、不思議な力強さを残す。たまたま、それぞれの飼い主が恋に落ちて、一緒に暮らすことになった二匹は、見慣れない互いの存在に最初は戸惑う。やがて二匹は強い絆で結ばれていくが、その発端は、〈フクさんは、ある日触れたサチさんの尻尾ががしがしと硬くて気持ち良いのと、サチさんは、ある日嗅いだフクさんのお尻の匂いが大変具合が良いのとで、一緒にいるように〉なったのである。体の感触と匂い。動機は単純、まさに動物的な潔さである。

フクとサチにとって、言葉は奇妙なコミュニケーションを生む道具である。〈あんたって本当に水飲むのが下手ね。この際、はっきり言わしてもらうけど、あんたって本当に、水を飲むのが下手よ！〉とフクが言えば、〈私こそあんたに前から水飲むの下手ねって、言おうと思っていたのよ。前から言おうと思っていたし、これは、前から言おうと思っていたんだから！〉とサチが切り返す。毎日こうして意味を成さない喧嘩をしては、ケロッと忘れて、また喧嘩を繰り返すのだ。しかも叫ぶうちに何を怒っていたかも分からなくなって、互いに殴りあう始末。なんとも単純で、気兼ねのない幸せな日々である。

ところが飼い主の人間はずっと複雑で、仕事が成功するにつれて少しずつ心のゆとりを失い、結局二人は離れて生きることを選ぶ。フクとサチは何も分からぬまま、ある日突然引き離されて、今度は互いの不在に戸惑うことになる。けれど、すぐにそれにも慣れて、ただ時々、いつもそばにいたような気がする「失われた何か」のことをぼんやり感じるのである。

言葉できちんと理解し合えていたはずの人間の心は移ろい、別々の場所で、二人はそれぞれ飼い猫を抱いて涙をこぼす。すると体に当たった涙のしずくが、フクとサチの記憶を呼び起こすのだ。〈ああ確かに、私のそばには、柔らかい毛をもった、何かがいた〉と。そして、蛇口から漏れ出る小さな水の玉を一緒に眺めたことを思い出し、人間が言っていた「オワカレ」というのは、自分たちが飲んでいた、あの流れ星みたいな水のことなのだと「理解」する。〈ああ、あの子に教えてやりたい。〉と強く願う二匹は、しかし、もう二度と触れ合うことはない。気まぐれな猫であるフクとサチの単純さはその直観的な結びつきを補完し、人間の脆い絆とは対照的に、圧倒的な力強さと普遍性を生み出している。

この短編集『しずく』には、心の片隅に押し込められて消えかかった「自己の一部」と対峙する契機を得て、新たな一歩を踏み出す人物が複数登場する。初対面で遠慮なく彼女たちの内面に入り込んで困惑させる人物との出会いが、心の奥底に封じ込めていた自己を回復させる。例えば「影」では、同僚の婚約者と関係を持ったことで非難され、さらにその相手と気持ちが通じ合っていなかったと思い知らされて傷ついた〈私〉が、〈みさき〉との出会いによって再生していく。東京を逃れて訪れた島で、子どもたちからも「嘘つき」と嫌われているみさきは、なぜか〈私〉に興味を示す。みさきを排除しようとする島の少年たちの眼の中に、同僚の女性たちが自分に向けた攻撃的な不信の眼差しと同じものを感じ取った〈私〉は、みさきとの心理的距離を一気に縮める。みさきが忘れられずにいる、彼女の亡くなった恋人の幽霊とついに夢の中で出会った晩、怖さに襲われた〈私〉は、思わず別れた男性の名を呼んで目覚める。そして〈こんなに泣いたのは、小さな頃以来だった〉というほどに泣いて、押し込めていた感情を解き放ち、再び前へ進む力を回復するのだ。その過程では、強烈な耳の痛み、不吉な染みのような影、ぐにゃぐにゃと形を変えて脅迫的な鮮明さで迫る黒い影、繰り返される幽霊の話など、「痛み」と「死」のイメージが反復し、不安と怖れが増幅していく。しかし幽霊との遭遇を境に別れた男性への想いを〈私〉自身が受けとめたとき、そのイメージは反転し、不安な影はすべて「回復された自己」に統合される。そして最後の場面では、青い海が見せる怠惰な色も、もう決して〈私〉を憂鬱にさせることはないのである。

また、「木蓮」では、恋人を必死で繋ぎとめようとする気持ちから、彼の前で優しい、できた女を演じる〈私〉が、恋人と前妻の娘であるマリと接することで感情を爆発させる。マリはまったく〈私〉になつかず、可愛げがない。一日この娘を預かることになってしまった〈私〉は、マリを動物園に連れ出す。二人の会話はまるで噛み合わず、〈私〉のイライラは募るばかりだが、この作品で繰り返されるのは、「生／性」の問いかけである。マリは道を歩いても動物を見ても、しつこい程に生殖に関するものに興味を示し、そのことばかり質問し続ける。こんな話題が出たことを後で恋人に知られては困るので、何とか話を逸らそうと無理に懸命の努力を重ねた〈私〉の忍耐も、ついに限界に達する。開き直った〈私〉が演じることをかなぐり捨てた途端、本来の自分が息を吹き返し、マリに対する態度も率直なものに変わる。一方マリは、離婚した両親のはざまで自分を丸ごと受け止めてくれていた祖母を失い、母親の躾に縛られて良い子を演じていた。互いに自分を解き放った〈私〉とマリが並んで歩くと、道には二人の影が〈ぴったりとくっついて〉伸びている。

「灰皿」に登場する〈私〉は、夫に先立たれてひとり静かに暮らす、上品な印象の婦人である。夫と暮らした思い出深い家を人に貸すことになり、入居人となった〈板崎〉という名の若い女性と知り合う。この板崎は強い個性の持ち主で、その遠慮のない押しの強さに最初は戸惑う〈私〉だったが、ある日、彼女の大胆で不思議な率直さに触れ、平穏に過ごしていた〈私〉の感情が激しく揺さぶられる。その後も〈私〉はなぜか板崎のことが気に掛かり、ある日、本屋で彼女の本を買って帰宅すると、彼女が待っていた。心に秘めてきた悲しみも苦しみもすべて自分の前で激しく吐き出した板崎から、〈私〉は一つの灰皿を手渡される。それは、〈私〉の亡き夫が使っていた灰皿だった。〈美しい、穏やかな思い出のままに〉取っておきたいと願った夫婦の幸せな日々に、〈唯一暗い影を残した〉若き日の出来事を象徴するこの灰皿を、板崎の手から受け取ったとき、〈私〉は亡き夫の「秘密」と向き合う力を得る。夫が胸の内に本当はどんな感情を隠していたのか、その秘密を知るのが怖くて、〈私〉は、夫が遺した原稿の入った封筒を開けられずにいた。この胸の痛む過去の秘密を板崎に打ち明けながら、〈私〉はその封筒をきっと開けようと誓うのだ。

「ランドセル」では、偶然再会した小学校時代の同級生である女性二人が、成り行きで一緒にロスに来ている。〈勘定に入れたくない彼〉はいるものの、ぱっとしない毎日を生きる〈私〉と、離婚する〈くみ〉の旅は、「ちぐはぐ」な感じに満ちている。青い空と照りつける太陽を期待したロスは、スモッグで空はブルーグレーに曇っているし、夕方には肌寒いくらいである。また、バスの車窓からの眺めに少しわくわくしてきた〈私〉が、それを伝えたくてくみが振り返るのを待っても、彼女はずっと窓の外を見ていて目が合わない。〈極端に美しい女と、すごく太った女〉が多いサンタモニカで、旅の盛り上がりに欠けてぼんやり浜に座っていた二人は、声を掛けてきた男たちに誘われるまま、〈軽いノリで〉パーティーに行くことを決める。奇抜な服装の男女が入り乱れる騒々しい会場で、やはり盛り上がれずにいた二人だが、やがてその目は、〈ぶくぶくに太った黒人の女〉に釘付けになる。二人の気を引いたのは、その女性が背負っていたピンクのランドセルだった。小学校の入学式で仲良くなった二人は、皆が赤いランドセルを背負った中で、二人だけピンク色のランドセルを背負っていた。二人の間に幼い頃の生き生きとした記憶が呼び覚まされ、大人になって少しずつ曖昧にぼやけていた「自分」という存在の輪郭を再び鮮明に感じ取った二人は、力強い足取りでパーティー会場を後にする。二人で桟橋を歩きながら、〈私〉は幼い頃のように、前を歩くくみの颯爽とした足取りに安心する。すると突然、くみも振り返るのだ。互いに笑い合ったり歌を歌ったりする二人の間には、今また昔のような絆が取り戻されている。

「シャワーキャップ」では、三十歳になり、結婚も意識するなかで恋人との同棲を決めた〈私〉が、その彼が他の女性と歩いているのを偶然見かけて動揺したまま、引越しの準備に追われている。田舎から手伝いに来てくれた母親は、自由で天真爛漫な性格で、引き合わされた彼についてまったく詮索せず、〈私〉が抱える不安にも気付かない。子どものときから「しっかりした賢い娘」を演じてきた〈私〉は、母親に素直に不安を打ち明けることができないでいる。夫婦仲がよく、無邪気で奔放な母親にどこかで嫉妬しながらも強く慕う、そんな母娘関係である。しかし、自分の不安を抑えられなくなった〈私〉は、〈いいね。お母さんは。悩みなさそうで。〉とついトゲのある声で口走ってしまう。困惑する母親の姿に、優しい気持ちを取り戻してその場を取り繕った〈私〉だったが、それがきっかけとなって、それまで思いもよらなかった母親と父親のエピソードを知ることになる。自分が母親のお腹にできて、若くして急に結婚することになった父親が、母親のもとに全然帰ってこなかったときがあったのだ。ひとりで、寂しくて、風呂で泣いていたら、自分がお腹をぐうと押して励ましてくれたと話す母親の姿に、〈母も、泣いていたのだ〉、〈私だけではなかった〉と知るのである。そして〈私〉は、母親との間に結ばれていた強い絆をはっきりと感じ取り、小さな頃に戻ったように心から泣くと、〈私は、大丈夫だ。〉と思うのである。

これらすべての短編を読み終えたとき、その読後感のなかには、新たに一歩を踏み出そうとする前向きな気持ちが漂っている。登場する人物や猫たちは皆、どこか変で屈折していたりするが、それぞれのやり方で「自分」というものを再確認し、前へ進む力を得ていく。そして、そこにはおそらく誰にでも経験のある、理屈ではない直観的な結びつきが介在している。それら一つ一つの作品を読み終えたとき、どことなく励まされたような気分にさせる短編集である。

（本学准教授、イギリス文学）

『ミッキーかしまし』と『ミッキーたくまし』にみる世間話

——立石展大

『ミッキーかしまし』と『ミッキーたくまし』は、「webちくま」に連載されたエッセイである。二〇〇六年一月二十七日から二〇〇七年七月十三日までの連載分三十六編が『ミッキーかしまし』に収録されている。続く二〇〇七年七月二十七日から二〇〇八年十二月二十六日までの連載分三十五編が『ミッキーたくまし』に収録された。

『ミッキーかしまし』については、西加奈子とつきあいのある山崎ナオコーラが「PR誌ちくま」二〇〇七年十一月号に推薦文を寄せている。この推薦文では、エッセイの全体像を掴む上で的を射る指摘がされている。

まず、エッセイが「はじめましてて」の自己紹介から始まり、「ですます調」で多く書かれていることを受けて、山崎ナオコーラは次のように述べている。

読者と自然な感じで向き合って、挨拶しようとしている仕草なのだろう、と思います。「私は、こんな人間です。どうぞよろしく」という具合に。

しかしなんなのでしょう、この素朴さ、素直さは。ベストセラー作家のくせに。

そして、西加奈子が周囲の人間のものまねが上手いことを受けて、その人間観察がエッセイにも生かされていることを指摘する。

笑えるように文章を綴りながらも、人間という存在へぐぐっと寄っていく一文を、ふっと埋め込むんですよね。そういう感じが、本当に絶妙です。

コントロールし過ぎないで書いているように、そのままの世界を書いているように、読めます。「自分の周りにいてくれる人」「自分の周りにある世界」を、良い風にも悪い風にも色を足し過ぎずに、できるだけそのまま、ひょいっとつかんで、文字にしていく、そんな風に見えます。

つまり、山崎ナオコーラの言葉を借りれば、「自分の周囲の人や世界を素朴に、素直に文字にして、例えば人間という存在を描いていくエッセイ」とまとめることができよう。このエッセイの姿勢は、続く『ミッキーたくまし』でも一貫している。実際、西加奈子の二冊のエッセイは、西自身のおしゃべりを聞いているかのような、軽妙な語り口で綴られており、周囲の生活を多くのユーモアで包み込んで切り取ってくる。また、周囲の人々を描く以上に、彼女自身の弱さを赤裸々に面白く告白する点にも特徴がある。

このような西加奈子のエッセイは、もちろん彼女とその周囲の世界を彼女の視点で切り取っているが、この中には世間話やその萌芽を内包していると見なせる話も多い。

ここでいう世間話とは、民間説話（口伝えの文芸）のうちの一ジャンルである。日本の民間説話は、主に昔話・伝説・世間話で成り立っているが、実は世間話自体の定義は研究者ごとに揺れがあり難しい。日本における口伝えの伝承には、狐や狸に騙される話や幽霊の話、奇人の話や異人殺しの話などがあり、昔話や伝説に含められないこれらの伝承を世間話という枠組みで捉えている。つまり、日常の常識や経験では測れないような人の耳目を引くような内容で、ある程度の類型性が認められて、しかも事実を装って肥大化する性質を帯びた話が世間話の大枠の定義である。

例えば、『ミッキーたくまし』の「幽霊体験」は典型的な世間話として捉えることができる。ここでは、西加奈子自身の二つの幽霊体験が語られている。一つは、高校時代の話である。一人で家にいる時に愛犬が誰もいない空間に向かって鳴いたり、尻尾を振ったりする。もしくは、二階で寝ている時に風呂場から気配がして、物音が聞こえる。このような時、不思議と怖くはなく、死んだ祖母が一人で家にいる彼女を心配して来てくれていると感じていた。そして母親が家に戻ってきてから、仏間に白髪の交じっている髪の毛のかたまりを見つけるという話だ。もう一つは二十四、五歳の頃、よく遊びに行った友人のギャラリーでの話として紹介されている。そのギャラリーは、廃墟のようなビルの屋上にあり、ギャラリースペースの他にキッチンやソファを置いたくつろぎスペースがあった。ある日、一人でソファに座り、ふとキッチンの方を見ると、キッチンの柱と棚の間、ほんの数センチの隙間に女が立っていた。西加奈子は、写真を見ていたための残像か錯覚かと一瞬思い、再び意を決してそちらを見ると、やはりその女がこちらを見ている。そこで、視線を外して、カバンを持って抜き足でその部屋を出たという。これらの二つのエピソードは、充分に世間話として読むことができる。特に前者の祖母との話は、幽霊が存在の証拠になるものを残す点でも、他の怪談話との類型性が認められる。例えば、雨の日にタクシーに乗った幽霊も、消えた後、座っていた場所に水たまりを残す。

『ミッキーかしまし』の「酔い方いろは・友達編」でも世間話とみなせるエピソードが語られる。男性の友人、げんさんとしんちゃんが泥酔して福岡の川沿いの温泉露天風呂に入る。泥酔のげんさんが川で泳ごうとすると、流される。国道沿いの川原に流れ着き、一時間ほどかけて裸、裸足で温泉に戻ると、しんちゃんがいない。温泉にいた大学生によると、泥酔したしんしゃんは、げんさんを助けるべく川に入り、流されたとのこと。そのしんちゃんを助けようと泥酔したげんさんは川に入り流されて、しんちゃんが戻ってくると、げんさんを助けようと、また流されて……。舞台が、男性の露天風呂であることからも、この話は西加奈子の実体験ではないであろう。とすると、誰かからの聞き書きになるが、この話には、結末がつけられていない。そこからも、ある程度事実が肥大化して成立した世間話と言えよう。また、このように話の結末がない、いわゆる「果てなし話」は昔話にも見られる語り方である。

また、『ミッキーかしまし』の「はじめまして」では、彼女の幼少期の成長に影響を与えたエジプトでのエピソードが紹介されている。例えばパン工場見学では次のように語られる。

エジプトでは板東英二みたいな変なセーターを着た、やはりフセイン顔のおっさん。髪の毛を入れるどころではない、爪の中真っ黒のそのおっさんが、ものすごい嫌な顔でパンをぺたり、ぺたり叩いています。

この一文で、エジプトのパン工場を描写しているが、小学生の頃の思い出をここまで切り取って描けるということは、これまで幾度となく「エジプトのパン工場」について彼女自身が周囲に語ってきたのではないだろうか。とすれば、これも世間話（もしくはその萌芽）である。

かつての村の伝承には、昔話・伝説・世間話があり、現代の都市においても世間話の伝承は都市伝説・現代民話・現代伝説などで知られるように存在する。西加奈子の紡ぐエッセイには、本論に挙げた以外にも現代の都市の人間を中心とした奇事異聞が多く語られている。語り口をそのまま文字にしているかのような彼女のエッセイを読んでいると、まさに西加奈子から直接話を聞いているかのような錯覚に陥り、そこで我々の日常生活の枠組みからはみ出すような話に触れる時、優れた世間話の語り手としての彼女の一面を確認することができる。

（本学専任講師、口承文芸）

エッセイ超特急──『ミッキーかしまし』『ミッキーたくまし』──山森広菜

エッセイって何ですか。

わたしはよくわかりません。西加奈子さんは「Webちくま」でエッセイ『ミッキーかしまし』（小学館、07・10）、『ミッキーたくまし』（小学館、09・6）の連載（06・1〜08・12）を始めるにあたって、国語辞典を開きました。そこで「エッセイ」の意味が、〈見聞きしたことや感じたことなどを自由な態度で書いた文章〉であるということを確認しました。国語辞典で調べるという手がありましたね。その意味の通りに『ミッキーかしまし』は実に〈自由な態度〉で書かれています。

筆者は、始めに〈エッセイ連載、という大役を与えていただいて、初めてのことだし、みっともないくらい緊張してい〉て、〈第一回目から、早速圧に押しつぶされそう〉だと震えています。文章の多くは敬体で書かれています。腰が低い感じ、「西さん、謙虚なんだなあ」。

唐突ですが、〈「ミッキー」はスナックアルバイト時代の私のあだ名、「かしまし」は大阪弁で「やかましい」という意味〉だそうです。さらに筆者はタイトルについて、〈初めは、「ミッキー口（マウス）」にしようと思っていたのですが、色々とややこしそうなのでやめました。私は大変小心者なのです。〉と言います。低姿勢なのかと思いきや、何だか様子がおかしい。本当に小心者ならこんなこと公にしませんよね？　さらには、〈もう、一生、絶対に車乗らへんから、誰か免許くれ。〉と風営法をスムーズに切り抜けて飲酒をするために脅迫、〈さあ、そろそろ夏ですよ、豚ども。〉と恋だのなんだのチャラチャラした奴らを挑発。などなど、時には、めいっぱいフランクな形で想いを伝えています（というかぶつけます）。しかし筆者にとっての〈自由〉は、言いたい放題に自分の気持ちを述べる、ということではない模様。根は真面目なその視線の先には、いつも「読者」の存在があります。

〈これからの私の自由な態度に、どうかご自由にお付き合いください。〉と、わざわざ読者の方に真正面に向き直って挨拶。さあ、こうして読者も自由な態度で読もう！　と準備万端です。それ以降も、冒頭で〈皆さん、お酒、好きですかーっ?!〉と何か猪木っぽく（拳を突き上げた感じ）で呼び掛け、〈『インナーサークルに入りませんか?』〉（全力で怪しい）などと問いかけ、文末に〈まだ、続いてもいいですか?〉と、読者の顔色をうかがいます。こうして、姿の見えない読者を意識している自分を、読者にあえて見せているのです。自分やその周りを取り囲む人たちを巻き込んで、その全体の様子をも見世物にするその様子は、MCのようです。読者側も、知らず知らずのうちに、文のなかの世界に惹きこまれます。自分に関する様々なことを〈自由な態度〉で書く「エッセイ」という文芸ジャンルに対し、筆者は〈常に読者を意識した態度〉（山崎ナオコーラ「ダ・ヴィンチ」07・11）でもって臨んでいるのです。

『ミッキーかしまし』は、〈波乱万丈、驚天動地、抱腹絶倒の日々を、奔放なイラストを添えて描く超爆笑エッセイ！〉（帯文）です。四字熟語の意味、ちゃんと理解してないけど、その通りのキャッチコピー！（何か四字熟語ってだけで、もういい感じ！）少しばかり上から目線で評させていただきますが、ここに書かれている出来事はどれも、読む者を飽きさせないバラエティに富んでいるのはもちろん、その表現が秀逸です。

まず、（　）の使い方が巧み。〈（笑）〉や〈（驚）〉などといった、メールで使われるような表記をすることによって、作者と同世代、もしくはそれよりも若年の読者にとって身近なものにさせます。〈私の洋服や雰囲気について、皆さんによく「絶対アジアとか好きそう（柄多いんだよ馬鹿）」「バックパッカーでアジアとかまわってそうだよね（汚いんだよ死ね）」と言われますが〉、〈文句ばっかりのアラサーですが（アラサーて何。アラフォーよりきつい。）〉などと、自ら述べた言葉に対して自虐的なツッコミを入れ、単なる会話や文章では終わらせません。また、ユーモア溢れる多彩な表記も満載。それらは、筆者の他の小説作品にも多く見ることができます。『きいろいゾウ』（06・2）では、主人公のツマが〈「今日は、ジェニーと女学生ごっこするの！」と言った〉マセた女の子に対し、〈「ジェニー」（キツイ）、「するの！」（威圧的）、しかも「女学生ごっこ」（エロい）。〉と、テンポよくツッコミを入れています。もう、一人漫才の域といってもいいですね。

こういった、屈託のない言葉によって繰り出される、真っ直ぐな笑いを含んだ表現の数々は、筆者自身が、読者へのウケを狙った、売れるためなどという、商業的なずる賢さの込められたものではなく、ただ単に「こう喋ったら、もっと面白くなるんじゃないか！」という笑いのセンスと、〈自分の大好きな人、大切なものたちを身近に感じ〉ながら書くなかで芽生えた、純粋な思いやりによって作られていると感じられます。

エッセイのなかで、作者が愛のある言葉や（ときには）毒を持つ言葉を向けるのは、最も身近な「他者」、家族や友人や猫（！）です。〈家族に言いたい！「あああああ愛している」〉という叫び、彼女（友人のやっさん）と〈私は、とにかく仲がいい。相思相愛です。〉といった宣言など、その言葉たちはどれも、剛速球の全力ストレート！　最も近しい他者を自分の一部であるかのように文に織り込み、かかわりのない遠い存在の他者（読者）に（食い気味で）語りかけます。丁寧な口調を使ってみたり、悪態をついたり、色んな面を見せることで、遠い存在の他者である読者は、筆者がまるで自分の友達かのような錯覚を覚え、その心に少しずつ重なることができるのです。本は、あくまでも「文字」という媒体が使われた、悪く言ってしまえば、文字や記号が印刷されたものでしかありません。けれども筆者は、自身のエッセイを読むことを通じて、読者に自分が執筆中に感じたような〈何か〉を感じてもらうことを願います。同じ感情を共有しようとする「書く」という姿勢は、一方的に感情をぶつけるそれではなく、返事を待つような「喋りかける」というのにふさわしいものです。西加奈子にとってのエッセイとは「読者」という初対面の友達に向けられた、力一杯の、心を込めたおしゃべりなのではないでしょうか。

……と、ここまで私もエッセイっぽさを意識して書いてみましたが、どうにも不自然。〈自由〉なんて微塵も感じられなくて、どうにか形にしようとか字数埋めようとか、気張ってて偉そう。こうして振り返ると、筆者の文章は「自由」な感じを実にうまく捉えていることを再確認できます。もちろん、推敲を重ねて出来上がった文章なんですが、そういう緊張感や辛い過程とかいう雰囲気を、読者に一切感じさせません。実際は、本当に「自由」に記しただけの「エッセイ」を世に出すことは、友達に渡す手紙じゃあるまいし、不可能だし、読んでもらえないかも。しかし、西加奈子さんは、〈見聞きしたことや感じたことなど〉を〈自由〉に述べた（と読者に感じさせる）エッセイを書くことに成功したのです。

いやあ！エッセイって本当にいいものですね〜。

（英語科二年）

『こうふく　あかの』――男女の性とつづく生――

菅家京子

男と女の性の問題は、本当に人それぞれ。しかしその中心にある本能の部分は、小さな子どもから大人まで、誰しも共通する所があるのではないか。その普遍的な部分をつきつめたある夫婦の思いと人生が、いつか一つの道として未来へつながってゆく、突飛で悲しくて面白い愛ある小説である。

読みづらいと思われる文章形態も、実はリンクした人生模様であり、突飛と思われた男の生活も、読み進めるうち身近に感じてくるのは、作者の飾り気の無い本音だからか。

『こうふく　あかの』（小学館、08・3）は『こうふく　みどりの』（小学館、08・3）と対でありながら、ものがたりは全く関連の無い人生を描く。作者は〈登場人物が歩んでいく道、歩んできた道、選ばなかった道、惹かれる道、そのどこかの道という共通点で、この二冊のつながりを感じてもらえればいい。そこからこうふくを少しでも味わってもらえたら〉と「あとがき」で述べている。中でも、プロレスラー猪木の「道」は、二冊に共通する極めて重要な男の拠り所となっている。いつも男が憧れ慕う猪木は、男達の背中を押し高みへと引き上げる。

『あかの』では、男性の本能的な部分に訴えかけてくるものがプロレスであり、猪木であって、女性は本能的に性欲があって、母性を発揮し、子宮、いや膣で考えるという、対比で物語は進んでゆく。主人公の靖男は自意識過剰だが、普通のサラリーマン。妻とはセックスレス三年なのに、妻から妊娠を告げられ、今までの生活が一変、自分の存在価値が揺らいでゆく。

靖男が見下していた妻は社員旅行で行ったバリで、見知らぬバリ人と欲望のままセックスをし、子を宿して母となり、確実に強くなっていく。〈妻はどこまでも図太く、俺は底抜けに惨めだ〉というセリフは、おかしくて可哀想だが、作者が強く本能的に生きてゆく女の性を肯定し、弱い男を温かく見守る目を感じさせる。

唯一靖男の逃げ場は、見下していた同期が連れていってくれた、リング兼酒場である。常時猪木のビデオが流れる中、その闘魂に励まされ、死にたくなる程美味しいビールを飲む。ある日飲み過ぎた靖男は、酔った勢いで妻に今まで我慢していた怒りを爆発させる。妻が返した心の叫び、愛しているのに満たされない体という、その思いがじんと心に響く。作者が〈憧れの女性〉だと言う国子の、女性としての欲望、本能がはっきりと言葉として男を叩きのめす。女は強くたくましい、と思わせる瞬間である。

その後、バリ旅行に出掛け、海で溺れた靖男は、薄れる意識の中、真赤な道と光を見るが、それは妻の出産に立ち会い、自ら進んで妻の脚の方へ回り、強い意思を持って、出てくる子どもを凝視する時再び現れる。猪木が戦うリングであり、膣という真赤な道、そこで初めて男の闘魂を見る事が出来る。男は静かに澄んだ心で、妻と子どもと生活を始める。三十年後、その子どもは靖男に見守られながら、父の通った酒場の男とリング上で闘うのである。

こうしてぐるりとつながった、それぞれの道は子どもを通して昇華される。〈こうふく〉とは、自分の心の中で作っていくものだ。人を許し受け入れる、ひときわ崇高な運命的で宗教的行為によって、太い道を選択する靖男。そして、男と女の性が、子どもの生へとつながってゆく、その道は切れる事なく続いてゆく我々の現実そのものである。

（一九八六年度幼児教育科卒）

全てに繋げる〈道〉――『こうふく　あかの』――

田中あかね

『こうふく　あかの』（小学館、08・3）は、美人だが話の内容に面白みのない三十四歳の妻・国子と、世間の目ばかりを気にしている三十九歳の夫・靖男の物語である。妻から妊娠を告げられたものの、夫の子ではない。当然、夫は受け入れることを拒んでいた。しかし、世間体を気にする夫が自分の子どもを受け入れるようになっていく。また、この夫婦の物語と並行にアムンゼン・スコットの試合の物語が挿入されている。

妻は美人であるが、完璧な美人ではない。一人では何にも決められないようなふらふらとした印象である。夫にとって妻は、〈ある程度の若々しさと、ほんの少しばかりの娼婦性のようなものが同列にある〉妻は、〈悪女でもなく、策士でもなく、ただずっと、阿呆の女〉であった。だが、妊娠した妻は違った。子供を産むと言い張り、自分の意見を貫き通したのだ。

一方、夫は、〈両親の前では努めて明るくふるまっているし、何の記念日でも無い日にケーキや花を買って帰る〉など、世間体ばかり気にしている。そして、誰からも嫌われることのない自分を演じている。また、妻を完全に馬鹿にした発言をしている。例えば、〈女なんていらない。女なんて、俗悪で低能なだけである。「子宮でモノを考える」と言うが、まさにそうだ。脳みそを使うことも、そもそも脳みそが存在していることにも気づいていないのではないのか。〉というように、女というものを見下している。しかし、散々馬鹿にしていた妻から、逆に自分が馬鹿にされているのではと考えはじめ、すべての周りのものに対して敏感になっていく。

だが、夫はバリへ行き変わった。妻が不貞を犯したバリ、妻の腹の子の父親が暮らすバリ。そんな国へ行き海で溺れるという体験をして変わった。そして、自分がおぼれた時に見た〈赤い道〉は、夫が拒否していた子が通ってくるであろう産道と同じであったと考えはじめる。このことから、今まで気にしていた世間体から解放され子どもに目を向けるようになったのである。なぜなら、人間が誕生するとき、必ず通る産道〈赤い道〉を通して〈人間同士の共感〉を覚えたからだ。

また、この夫婦の物語と同時に進行している、プロレスの物語。それは、猪木に憧れてプロレスラーとなったアムンゼン・スコットの物語である。この物語の最後の三十年後として出てくる、サミーは国子から産まれたと考えられる。母の年齢、顔も肌の色も似ていないが父親と言い張る男。すなわち、夫・靖男が三十年という間、散々嫌がっていた妻の子を息子として受け入れている。

夫と妻の物語とアムンゼンの物語は、プロレスを媒介として繋がっている。夫婦はパートナーでもあり、時には対戦相手でもある。家庭はリングであり、まさにプロレスなのだ。妻が歩んできた道、夫が歩んできた道、また、夫が溺れた時に見た〈赤い道〉。息子が通ってくるであろう妻の産道。また、息子が産まれてからはじまる人生も夫の新たな「道」である。そして、人間が誕生するとき、必ず通る産道を通して〈人間同士の共感〉を得た、父と子の家族として始まる「道」。すなわち、「道」というものは全ての人間の人生なのである。それぞれ歩む「道」が、アムンゼンの物語に登場する、アントニオ猪木の「道」を通して繋がっている。それは、人間の中にある「道」というものだ。しかし、この全ての「道」は繋がることはなく、ゴールも一緒ではない。誰もが自分の中に持っているそれぞれの人生の「道」なのである。

（英語科二年）

こうふく　つながりの――『こうふく　みどりの』――野口佳織理

本屋に行ってたくさんの本を見たとき、気付いたことがあります。（…）同じ「富士山」という要素で、みっつの物語はつながっているのだ。とすると、この本屋中にある小説たちは、「一方その頃」とか、「昔は」とか、「未来は」という言葉で、いくらでもつながっていけるものなのでは。（…）つながっている、そう思いながら、私はあの、懐かしい連帯感と幸せな気持ちでもって、原稿を書き進めました。そして出来上がったのが「みどり」と「あか」に分かれた、ふたつの物語です。

（「あとがき」『こうふく　みどりの』『こうふく　あかの』小学館、08・3）

二作はアントニオ猪木で〈つながっている〉作品である。また、それぞれ話の内容は〈つながって〉いないが、母が子に向ける愛情が最も強い、と描いている点でも〈つながっている〉。

『こうふく　みどりの』の章題は一見すると統一性が無く、つながりがない。二十ある章題を整理すると、大きく二つに分類される。一つ目に分類される章題は〈そのまま前にお進みください〉、〈キケン　トマレ〉、〈銘菓水団子　お早めにお召し上がりください〉、〈二階の窓ガラスを割ったものは生徒指導室に来ること〉、〈調子が悪いので、レバーを下まで押してください〉、〈犬の糞は飼い主の責任〉、〈辰巳　呼び鈴は門の中〉、〈ご家族の団欒を、美味しいハロー！　ビスケットと共に〉で、これらは誰かが読むことを前提として書かれている。呼びかけはそれを書いた人・読んだ人を繋ぎ、表札は家主・客人を繋ぎ、説明書きは商品・購入者を繋ぐ「つながり」となる。だが、これらの注意書きはそれを手にした、あるいは目にした全ての人が、必ず読む訳ではない。道路標識で「トマレ」とあっても警告を守らず事故を起こす人、賞味期限があっても気にとめずお腹を壊す人、張り紙を見ず先生の呼び出しに応じない生徒など、その言葉の意図を受け取らない人も多い。投げかけるだけで終わる時、この言葉は何の意味も持たず、一方的な言葉だ。これはある種、片思いである。

二つ目に分類される章題は、〈突撃！　ウェンズデイ　進行台本〉、〈それから〉、〈A〉の三つである。これらは一見すると、一つ目に分類された章題とは違って、片思い的な言葉ではない。しかし、それぞれの章を読むとこれら三つの題は、一方的な事柄や意味と関わりがあることが分かる。

〈突撃！　ウェンズデイ　進行台本〉は、〈突撃！　ウェンズデイ〉という情報番組がみどりの同級生の家の焼き肉店「金」に取材にやってくる話である。初めは商店街全体がテレビ取材を歓迎していたが、最後、取材者は追い払われてしまい、一方的な取材となって終わっている。

〈それから〉は、みどりの親友の明日香が持っていた夏目漱石の著作「それから」から取られている。明日香は「それから」を学校で行われている朝読書のカモフラージュ用に手にしただけで全く読んでおらず、明日香に漱石の思いは届いていない。「それから」の主人公代助は、裕福な家の次男で大学卒業後も働かず、高等遊民として生活している。一方、親友の平岡は苦学生で、卒業後すぐ働き、苦しくともやる気に満ちた生活を送っていた。代助は平岡と自分の現状を比較し、社会と混じり合っていない自分に焦燥感を抱く。そこで、代助は平岡に金銭援助をすることで己の存在意義を見出すようになり、親友としての「つながり」よりも社会との「つながり」のために平岡と付き合っていく。この後、二人は平岡の妻、三千代をめぐってズレが生じ、一方的に相手の気持ちを決めつけてすれ違うようになる。

〈A〉は、ケンの胸に彫られていたAであり、これはケンの好きな人アイちゃんのイニシャルAである。アイちゃんはケンのことが好きだが、アイは娘のモモちゃんの方が大事であり、ケンの思いに応えるつもりはない。「A」はケンの片思い、一方通行な思いを表わす文字となっている。

以上のように、『こうふく　みどりの』の章題は、人に向けて発せられる言葉であるが、無視されたり、届かない可能性もある一方的な言葉、あるいは、そのような状態を表している言葉だ。これは登場人物たちが皆、死別、失踪、不倫、片思いなどで、愛する人と一緒に生きられないことを示しているのではないだろうか。

みどりは、ケンに初恋をしている。ケンとは友達として〈つながっている〉が、恋人としては〈つながって〉いない。そしておばあちゃん、おかあさん、アイちゃんは愛する人と〈つながって〉いるが共に生活できずにいる。登場人物たちは皆、愛する人との「つながり」はあるものの一緒にいることができないのだ。繋がりの形には、家族、恋人、友達、ご近所さん、または加害者と被害者、など様々ある。そこには血のつながり、自覚していないつながり、愛に裏打ちされたつながり、互いを思い合うつながり、名目上のみのつながり、など様々だ。

身の回りに多様な「つながり」が存在するなか、作家も、人やモノとの「つながり」を作る存在である。その「つながり」とは「作品」である。作家は何らかの意図や思いを込めて一冊の作品を書き上げる。しかし、作家の思いはそのまま読者に届く訳ではない。手に取らない人もいるし、たとえ読んだとしても作家の意図を離れて、それぞれ自由に感想を持つ。本を出版することは、ある意味一方的な行為で、片思いである。けれども同時に、作家は「作品」を通して読者と〈つながっている〉。一日に数千冊も新しく本が発行され、何万冊も本がある中から、その一冊に魅かれるのは運命に近い。奇跡のような確率で、その本との間に「つながり」が生まれる。また一人で本を読んでいても、本の世界に入れば一人ではない。本の中でたくさんの人物に出会い、〈つながる〉。実生活で今まで知りえなかった感情や事象も彼等と共有し、経験するのである。私たちは本を読むことで、その本の登場人物、作家、社会と「つながり」を持つ。

人は何かと繋がる時、何をもって繋がっていると感じるのだろうか。情、義理、お金、法、契約、世の中には人やモノとのつながり方が様々ある。どのような「つながり」を選ぶかによって、その人の幸せの形も変わってくる。普段私たちが気付きにくい「つながり」に気付くこと自体が〈こうふく〉なのではないだろうか。

『こうふく　みどりの』『こうふく　あかの』は本屋で目を引く。カバーが赤と緑で対になっており、クリスマスの幸福なイメージカラーの赤と緑、そして『ノルウェイの森』（講談社、91・4）上下巻の赤と緑を連想させる。本は手に取ってもらわなければ何の評価も「つながり」も生まれない。魅かれるきっかけが多ければ多いほど、手にとってもらう機会は増える。この色、〈あか〉と〈みどり〉は、一人でも多くの人に手にとってもらいたい、読んでもらいたい、という作者西加奈子の強い思いと、覚悟の表れではないだろうか。〈みどりの〉と〈あかの〉は本屋でふっと見つかる、西加奈子との〈つながっている〉〈こうふく〉である。

（英語科二年）

『窓の魚』――埋められない心の隙間――

近藤絵里奈

一緒にいるのにどこか離れている、つながっているようでつながっていないという感覚は皆、経験した事があるのではないだろうか。この作品「窓の魚」は、四人の登場人物の男女、一人ひとりに焦点を当て、共に温泉で過ごすにもかかわらず、心を通わすことがないという孤独を鮮明に浮き上がらせている話である。心の中に眠る「恐怖」をナツは〈のっぺらぼうの男〉に、トウヤマは〈祖母〉に、ハルナは〈母親〉に、アキオは〈生れて、すぐに死んだ弟〉に抱いている。そして、それらの「恐怖」は、〈川〉の流れのように、それぞれのつながりたいのに離れてしまう「孤独」な気持ちとして、なめらかにつながっている。

それぞれの抱く「恐怖」は、実体のない〈ニャア〉というネコの鳴き声にも顕著に表れている。はっきりと、確かに聞こえているが、決して目で見る事が出来ない。その鳴き声は、まるで心の中に抱き、常にまとわりついている「孤独」の影を浮きぼりにしているかのようだ。一人の女性の〈死〉にも〈ネコ〉の存在がある。作品に一貫した、実体のない不気味で意味深い印象の〈ネコ〉を登場させる事で、女の〈死〉を謎めかせていて趣深い。

一人の女の〈死〉について、旅館に宿泊していた老夫婦は、〈細く、わずかな翳りがあって、黒い髪が濡れるのもかまわなかった。あの子ならきっと橋の下でゆたっているのが似合うわ〉と、まるで絵画を見るような表現で語り、宿の使用人も、〈いや、まったく不謹慎ですけどね、大きな錦鯉に囲まれて、白い肌をさらして、池に浮かんでいる様ってゆうのが、一幅の絵のようでした。〉と表す。いずれも〈死〉という負であるはずのものから、美しいもの、官能的なものが連想されている。

この、〈死〉の裏側にある〈生〉は、作品中、〈性〉とも表現される。それぞれの心のすれ違いだけではなく、肉体的なすれ違いによって、一層四人の、〈生〉の中の「影」の部分を深めているところに明暗が生れているのだ。作品は、全体的に暗いイメージが漂うが、ナツはハルナを、彼女の桃色の下着を〈春の桜のような、綺麗な桃色〉と官能的な表現でしたり、温泉で一緒になった女の人を、〈触れると、嫌がるように動きだしそう、露をはらんだみずみずしさがあり、足の間へ葉が伸びてく様は本物の牡丹より数倍美しい〉と表現したりする。「花」から連想される、〈美しさ〉は、まるで暗闇の中の助けとなる光を、無意識に求めているナツの心を表しているようだ。

ハルナは言った。〈人造人間みたいだね〉と。心の底に眠る、変えがたい過去に対して言っているかのようだ。人は、自分の弱い部分や隠したい部分が似ている相手に惹かれ、逆にまったく反対のものを持つ相手とは反発しあう場合がある。ハルナはナツの事が嫌いだ。それは、ハルナが自分の外見に強いコンプレックスを持ち続けているのに対して、ナツが常に素な外見を見せていることに嫉妬のような感情を抱いているからだ。なぜ嫌いな相手と旅行に行くのかという疑問は、なぜ女は死んだのか、という疑問にも繋がり、読み手の想像力を膨らませ、不安のなかに高揚感を生みだしている。

人間関係は非常に難しい。心が交わっていると思っていても、実は遠い存在だと感じる瞬間もある。「窓の魚」には、相手を信じられない気持が溝をいっそう深めていく姿を四人を通して描かれている。また同時に、女の〈死〉によって、五人目の「孤独」な人格が浮き彫りになる。埋められない心の隙間が、非常に美しく鮮明な表現によって描かれた作品だ。

（二〇〇八年度幼児教育科卒、同志社女子大学四年）

〈窓〉を通してみる人間関係――『窓の魚』――

正田優佳

〈『自分は絶対的に孤独や。分かってもらわれへん』っていうところで止まってる人を書こうと思った〉（「with」08・11）からだと、作者自身が語るように、主要人物として登場する、ナツとアキオ、ハルナとトウヤマの二組のカップルは、寄り添いながらも、うわべだけの付き合いを続けている。また、トウヤマとその知り合いである〈三十代半ば〉の女性との関係もつかみどころがなく、しかし寄り添いあっている。〈絶対的〉な〈孤独〉をそれぞれ抱えるナツたち一行と、〈三十代半ば〉の女性は、同じ温泉宿に泊まり、一つの死体に関係していく。

彼らの〈孤独〉を際立たせているのが、同じ事柄をそれぞれの視点から語らせるという手法にある。異なる新たな事実を示していく、この手法は芥川龍之介の「藪の中」（大11・1）を連想させる。読み手は与えられた情報を元に事件の真相を推察していく。特に、テレビインタビューで事件の断片を語る老夫婦、若女将、六十代の従業員の男性の証言から、彼らが全く別々の印象を持っていることが分かる。

異なる点は、「藪の中」は、殺した人間が分からないが、「窓の魚」は、死んだ人間が最後まで分からないことだ。ナツ、アキオ、ハルナ、トウヤマを取り巻く関係性は作者が〈4人以外の人も出てくるけれど、なるべく気配を消すように心がけ〉（「野生時代」09・6）たというようにかなり希薄化されたものとなっており、読み手の推理を一定方向に集めないことを可能にしている。

死体は誰か。自殺の可能性はそれぞれに少なからずある。死体は女性であることは分かっている。しかし、ハルナは、トウヤマとの関係を終わらせようと決心していることから、自殺の線は薄い。トウヤマとアキオのハルナに対しての接し方を見る限り、殺意が沸くほどの執着心を示していない。ハルナを死に追いやった可能性は低い。しかし、アキオとナツの関係においては、アキオがナツを殺したのではないか、という推測を立てることは可能だ。死体の女性から〈薬物が胃の中から検出された〉という事実は、ナツに当てはまるからだ。老夫婦の証言からも、池の中で死んでいる女性がナツであることを連想させる。しかし、ナツが死体だと確定した場合、彼女はアキオと同じ会社勤めであり、身元が不明となるとは考えにくい。また、ハルナも同様だ。

また、〈三十代半ば〉の女性が死体だった場合は、接点のあるトウヤマが最も疑わしいといえる。しかし、トウヤマ自身が、〈ここに来ることはあいつに言っていない〉と驚いていることから、彼女が訪れていることを知らなかったと推測できる。また、トウヤマは憎しみよりも恋愛感情に近い想いで〈三十代半ば〉の女性を思い浮かべている。これらのことから、トウヤマは〈三十代半ば〉の女性を殺している可能性は低いだろう。しかし〈三十代半ば〉の女性は、証言に合致する部分が多い。女性自身、この温泉宿で死ぬつもりだと発言しており、自殺の可能性が高いのも確かだ。しかし彼女にしても絶対的な証拠が存在せず、推測の域を出ない。

真実は分からない。〈言葉ひとつでも、それぞれが全然違うようにとらえているなってことが分かるよう、考え、考え書〉（「野生時代」09・6）いたと作者は語る。分かり合えないことを作者は意図している。死んだのが誰なのかが問題なのではないのだ。分からないこと、彼らの内に秘める〈絶対的〉な〈孤独〉を生々しく、且つ魅力的に魅せ、そしてその様は、内風呂の〈窓〉から見えた水中を上下左右、自由に泳ぎ回る〈魚〉が動けば波ができるように、その波は常に変化するものなのではないだろうか。

（英語科二年）

人々の孤独――『窓の魚』――原田静香

「一体、誰が死んだのか。誰に殺されたのか。」

読んだ後に多くの疑問が残った。楽しいカップル旅行。これが最初の印象であった。冷静な女の子。無邪気な彼。流行に敏感な今風の女の子と不健康そうなやさぐれた彼。そんな四人の印象が読み進めていくうちに大きく変わった。

最初にナツ、つづいてトウヤマ、ハルナ、アキオの順で語っていく。ナツから見る三人の印象の印象。アキオは、無邪気で、明るく、ナツを一途に愛する優しい彼。ハルナは、元気で、明るく彼氏の事が大好きな女の子。しかし、中身がなく、鬱陶しく思える一面もある。トウヤマは、やさぐれた男。ヘビースモーカー。無表情。次に、トウヤマから見る三人の印象、ハルナはよく喋る女。自分を弱い女に見せようとしているが、実は計算高く、生きる術を知っている強い女。自分もハルナのことを好いていないが、ハルナも自分を好いていない。ナツは、女らしい所がない。無口な人。いつもぼうっとしている。自分に素直に生きる自然体の女。アキオは、自分より年下に見えまるで弟のような印象。ハルナはナツをライバル視し、嫌っている。元彼のアキオをまだ想っているようにも見える。しかし、一方では彼を憎く思っている一面もある。今彼のトウヤマに対しては、彼に夢中である反面、周りが思うほど彼に依存していない。アキオは、ナツを異常に愛している。生気を感じない冷たい女性。ハルナの印象は、奇麗な女性。そのハルナの目に、恐怖心を持っている。トウヤマに対しては、同じ男として男性らしい体つきをしたトウヤマの体に憧れを持っている。

多くの疑問。その一つは、誰も見ていない猫の声である。声ははっきり聞こえるにも関わらず、姿の見えない猫。その声は、ナツたちが泊まった日に旅館にいた皆が聞いた。旅館に勤める雑用係りの人でさえ聞きなれない猫の声。誰もが姿が見えないが、一人だけ猫の姿を見た人物がいた。それは、ナツとアキオが見た女性である。その女性をナツは猫みたいな人だと言い、アキオは白キツネのような人だと言っていた。その女性は、トウヤマが言うあいつである。トウヤマは、ハルナと付き合っているが、恋する相手は、ナツたちの見た牡丹の刺青のある、女性である。彼女は、アキオと出会った夜、アキオには全く見えなかった猫が牡丹の女性には見えた。猫に触れているようだが、アキオには猫の姿は見えず、暗闇に話かけているようであった。なぜ、牡丹の女性には猫が見えたのか。謎めいた猫と言えば思い出すのは、黒猫である。西洋の童話などには、黒猫は魔女の使いとして登場していた。黒猫は、その体の色から暗闇に他人の目に見えずに隠れとどまる能力をもち魔女のパートナーにふさわしいと考えられていた。作品内に登場した猫は、姿が見えない為何色の猫かわからないが、牡丹の女性の持つ不思議議で影を持つようなところに気を許し、彼女だけに姿を見せたのではないか。

この作品の中で、最大の疑問は一体誰が橋の下で死んだのかという点である。最後まで、誰が死んだのかは明かさず、その死体は身元不明の女性であった。同じ日に泊っていた老夫婦の、妻の証言では、ナツが連想される。あんな美しい死に方は彼女にしか似合わない、と言っていた。また、次の旅館の雑用係の証言からは薬を飲んで死んだということと、白い肌をさらして、池に浮かぶ姿が一幅の絵のようであったということが分かっている。また、顔がうっすら桃色をしていて、牡丹の花のようだとも言っていた。その雑用係は、トウヤマの姿を見て、トウヤマが連れの女性を殺したのではないかと言う。死体は、ナツなのか、ハルナなのか。ナツは、アキオにより無意識のうちに半年間覚せい剤を使わされていた。しかしアキオは、ナツが死ぬことに対して恐怖心を持っていない。ナツが死ぬ時自分がそばにいて、死ぬ姿を見たいと思っている。アキオは、小さい頃の愛犬の死により健康な生物よりも障害や、傷を負った生物を愛するようになった。また、彼は〈「こんなところで死ねたらいいだろうなぁ！」〉、〈「一緒に死のうっていったらどうする？」〉、〈「一度でいいから酔っ払って無茶したいなぁって思う」「死ぬ前に一度だけ」〉と死に関する発言をする。アキオが一番死に近い存在に感じる。

ハルナは、母親のお金で整形を繰り返し、本当の自分を隠し続け、本当の自分を見失ってしまった。彼女の中にある、陰の部分は自分を偽ることに対しての苛立ちではないか。また、アキオはハルナの後ろ姿を見て〈ハルナこそ死んでしまうのではないか〉と思っていた。アキオが所有する覚せい剤は、ハルナから購入しているものである。よって、ハルナもその薬を使って死ぬことは可能である。しかし、この二人は死のうという意識をもっていない。

この旅館で唯一死のうと思っていた人物は、牡丹の刺青をした女性である。彼女は、アキオと会った夜、アキオの〈「こんなところで死ねたらいいのにな」〉という問いかけに対して、〈「あたしもね、そのつもりなの」〉と答えている。そして、猫に出会った。猫は、彼女が一番死に近いと思い、彼女だけに姿を見せたのではないか。そして、彼女が死んだことを知らせるように、橋の下で鳴いていた。彼女はトウヤマに思いを寄せていたのではないか。最後に彼と話したいと思い、彼の近くで死にたいと思い同じ日に同じ旅館に泊まり、電話をし、最後に彼の友人と出会い、彼のことを聞くことによって彼を近い存在に思いたかった。旅館の雑用係が死体の死に顔が牡丹の花のようだったという。そんな表情が出来るのは、牡丹の刺青の女性だけではないか。

また、ナツの話の中には幻想的な表現が多い。トウヤマの吸う煙草の煙を〈薄い紫色〉に見えるといい、また、彼女は無意識のうちに煙草を吸うようになっていた。そして、旅館の温泉でのっぺらぼうの男性に会う。これらは、すべて覚せい剤による幻覚である。そして、ナツ自身もこの異変に気付いているようであった。彼女がぼうっとしているという描写が多いがそれも全て覚せい剤からくるものだろう。アキオはナツが、覚せい剤で苦しむ姿を好んでいた。そして、ナツが死ぬときに自分もその場にいたいという言葉からは、アキオがナツを殺すことも十分考えられる。

作品には、死について語られる場面が多い。ハルナは愛するトウヤマのことを〈トウヤマのきれいな顔を見ていると殺したくなる〉と言い、トウヤマの電話相手（牡丹の刺青の女）も殺したいと言っていた。また、〈アキオとナツを傷つけたい〉という願望を持っていた。ナツに対しては、〈「死んでるかもね」〉、〈「あんた、死体みたいだよ」〉と、死を望んでいるようにも見えた。ハルナは、一緒に旅行に行った皆を傷つけたい。殺したい。と思っている。このことにより彼女の心の孤独が見える。

「窓の魚」には、人はそれぞれ悩みを抱え、また人それぞれ愛の形が違うことが浮かび上がっている。それぞれ心に孤独を抱えている。ナツは、口数が少ないため、あまり周りに自分を理解してもらえない。ハルナは、母と同じ顔をしている事に不満を持っていたが整形に、自分自身を見失い、母を恋しく思った。トウヤマは大好きだった祖母を失い、祖母の愛を忘れられず、心に孤独を抱えている。アキオは、傷ついたものしか愛せない。四人は、周りから見た印象と全く違っており、それぞれ心の中に孤独を抱えもっている。

（専攻科英語専攻）

『窓の魚』――見えない孤独――

村岡彩音

四人の男女の視点から描かれている作品「窓の魚」は、一読では理解の難しい部分がある。性格が異なり、全く共通項の見えない四人に唯一関連しているのは「見えない孤独」である。それは現代社会に暮らす人間にも当てはまる孤独であり、それを鋭く突いていることが、この作品の魅力だ。表面を繕う人間の孤独を誰が理解するであろうか。その孤独は見過ごしてしまえば、おざなりになってしまう。だからこそ、その内面にしかしまうことのできない感情を鋭く観察する作者の視点を通して、読者は自分の上手く表現できない感情を代弁してもらっている感覚に陥るのであろう。本稿は、際立って、自分の孤独を表面化させないナツの「見えない孤独」に焦点を当て、小説「窓の魚」を読み解いていく。

ナツは自分では上手く表現することのできない感情を抱いている。その感情はアキオとの会話に見受けられる。アキオに対する羨望の眼差しは、彼の身体表現においても伺うことができる。ナツは、世間一般の女の子に求められている可愛さや愛嬌が自分に欠けていることを自負しており、それがコンプレックスにも繋がっている。彼女は、感情を抑えることで、自分をコントロールしているのだ。そして、彼女に欠けている「女の子らしさ」を無意識のうちに享受しているのが、アキオなのだ。彼の身体は〈女の子のような肌〉であり、〈男の子の裸とは程遠いもの〉である。そのように表現されるアキオには、ナツ自身の女の子になりきれない孤独が反射され、ナツが自分の性を受け入れていない孤独もまたアキオの存在によって示されている。

しかしまた、ナツの抱える「見えない孤独」を埋めているのも、アキオなのである。ナツは自分の性を受け入れられずアイデンティティー確立に困難が生じている。他者の存在なしに自己確立をできない状況にあるのだ。つまり、ナツの自己確立を支えている存在がアキオなのである。〈頭に置かれたアキオの手だけが、今の私には確実なものに感じる。この世と私をつなぐ、たったひとつのもののように思える。〉と言うように、ナツは、アキオを必要としている。作品には、感情をあまり表に出さない淡白な印象のナツをアキオが必要としていているようにも書かれているが、実際はナツの方がアキオを必要としているのだ。

しかしながら、本当にアキオ自体を必要としているのかは不明確である。ナツにとって自己確立に加担してくれる存在がいればそれでよかったのかもしれない。彼女の抱える「見えない孤独」は自己確立を行うために必要な「他者」であったのだ。アキオはナツの自己確立を担う存在に過ぎず、それ以上のものにはなり得ないのだ。しかし、皮肉にも身近な存在であるアキオによってナツの孤独は際立っているのである。

ナツとアオキの関係は客観的に観察してみると微笑ましいものである。アキオはナツに従順であり、家父長制に基づく、男性の権威など威圧的な態度を示すこともない。それに加え、アキオがナツに対してトウヤマがハルにするような自己中心的態度を表すこともない。だが、ナツとアキオ、この二人の関係こそが「見えない孤独」によって支えられているのもまた事実である。本当にお互いのことを必要としているのかという疑問やナツにとってアキオでなくてもよいということは、この二人の静かなる溝を深めていくだろう。この「見えない孤独」は、二人の関係自体を、より「孤独」なものにしていくのである。

（二〇〇九年度英語科卒、東京女子大学三年）

『うつくしい人』――人間の美しさとは何か。――出水田舞子

『うつくしい人』（「パピルス」08・8、10後、加筆修正して、幻冬舎、09・2）に出てくる登場する人物は、何かしら欠点を持つ。姉は引きこもりであること、マティアスはマザーコンプレックスを持ち、坂崎は病気に近いほど単純作業しか行えないこと。このそれぞれの欠点は、主人公である百合に大きな影響を与える。

〈私は他人の苛立ちに敏感である。ほとんど超能力と言っていいほどだ〉。百合は他人のいらだちに怯え、人と同じことをすることで自分の存在を守り続けてきた。そしてそれがずっと正しいのだと思っていたのだ。しかし、マティアスや坂崎に出会い他人の持っている素晴らしいものに気づくことにより、人と違うことは恥ずかしいことではないのだと感じ始めるのである。

百合には姉というコンプレックスがあった。〈私にははっきりと姉の血が流れている。それを思うのが嫌で、姉と正反対の生き方をしてきた〉と姉を羨ましく思う一方で、姉の純粋な心や容姿の美しさを嫉み、姉が引きこもりになったことに安心し、心地よいものと感じていた。この感情をずっと心のどこかにしまっていた百合は、マティアスの純粋な心を知ることで姉の美しさを認めるきっかけとなり、昔から逃げてきた姉の存在と向き合えたのである。百合にとって「美しさ」の象徴が姉であり、憧れの存在であったのだ。たとえ引きこもりの姉であっても、自分にとっては世界で一人しかいない姉なのだ。そのことを忘れようとして、自分は姉とは違った道

を歩まなければならないと考え今まで生き続けてきた百合にとって、人の「美しさ」について考えることは難しいことだったのかもしれない。自分がいかに傷つかないように生活していくか、と考えていた百合は美しいものに対して距離を取る癖がついていたのではないか。百合が会社を辞め一人で旅に出ようとした理由も、会社を辞めた自分への恐怖や現実世界から距離を置くためであった。

実際に、百合は美しさとはかけはなれている坂崎に〈もしかしたら、この人と私は、似ているのかもしれない。私もこの男のように、いつもびくびくしている。〉と安心感を覚える。何らかの美しさを持っている登場人物の中で、坂崎の存在は異質だ。何を考えているのか、過去に何をしていたのか、など最後まで明かされない点が多い。そんな坂崎は美しさとはかけ離れた存在であり、自分と少し似ている人だという認識があったのだろう。そして、百合は坂崎とマティアスと共に姉が好きだった本のある図書館で自分が美しいものから距離を取って生きていたことに気づくのだ。自分は美しさとかけ離れていると感じていた百合だったが、美しいものを素直に美しいと認める心を持っている人間こそ、〈うつくしい人〉なのではないだろうかと考えるのである。

人間は人を羨むが、それを認めようとすると自分の価値観が正しいのかと戸惑い、躊躇してしまう。百合は人間の欠点ばかりが目につき、それを認めることをしなかった。しかし、人の欠点こそ、見方を変えれば長所になりうるのではないか、マザーコンプレックスを持つマティアスや引きこもりの姉の欠点は、他人にはない素晴らしいものであると気付くのだ。自分にはない「美しさ」を持つ人に出会ったとき、素直に美しいと認めることのできる人間であれば、その人もまた〈うつくしい人〉なのではないか、ということをこの作品は伝えているのである。

（英語科二年）

『うつくしい人』を通して異文化と接触し、二十年間の自らの変化を実感する——小林麻衣子

本書は、主人公蒔田百合が自分の家族である姉や両親に対して、また自分自身に対していろいろな思いや悩みを抱きながら、現実逃避するかのように離島のリゾート地に向かい、そこで不思議な二人の男性、ドイツ人のマティアスとホテルのバーテンダー坂崎と出会い、彼らとの触れ合いを通して自分の気持ちと真正面から向き合うことができるようになり、離島での四泊の休暇を終えるという内容である。一言で表すならば、蒔田百合の自分探しの旅とその過程で生じた彼女の心の変化について描かれている。

本書のタイトルを最初に見た時、〈うつくしい人〉とは何を意味するのか、その基準は何であろうか、その答えが本書に書かれてあるのだろうと推測した。本書の最初のページをめくる前に、いつもの癖で「あとがき」にまず目を通す。そこで言葉では言い表せないほど違和感を覚えた。これまでメディア等を通じて接したことはあるが、普段自分が使うこともなく、周りにいる人も使わない表現、そして擬態語・擬音語の連発。人は異質なものに出会った瞬間、これまで常識と思っていたことが通じないため、ストレスを感じたり、拒否することもあり得るというのは、まさにこの瞬間であろうと体感した。しかし、ここで単に異質なものを受け付けないという態度をとるとしたら、それに対する理解は生じないと自分に言い聞かせ、異質な文化との接触を再度試みた。

小説の面白さとは何であろうか。本書を読み終えた後、一番先に頭に浮かんだことである。十代の頃は、吉本

ばななの『キッチン』や『つぐみ』を読んで単純に面白いと思い、村上春樹の『ノルウェイの森』などをむさぼるように読み、強い衝撃を受けた。小説の面白さとは、登場人物に共感できることにあるのか、読み終わった後に感動して心が満たされている状態にあるのか、あるいはそれ以外の別の次元にあることなのかは、わからない。しかし、十代の頃はそれなりに小説を読み、感動していた（と、記憶している）。しかし、今回、もはや、あの感動に似たような感覚を味わうことはなかった。約二十年前に読んだ小説と、『うつくしい人』とは何が違うのか。まず最初に、本書を読んで二十年前のあの感覚を味わうことがなかった原因を整理してみたい。

第一に、登場人物。主人公の蒔田百合は、苦手なタイプだ。理由はたくさんある。蒔田は、三十代前半であるが、精神的にも経済的にも自立（律）していない。敏感で自意識過剰。小心者。他者と比較して優越感にひたっていると安心できる。主体性がない。苛めに加担していた偽善者。自分探しをして、離島のリゾート地にいく短絡さ。現地で知り合った人たちと触れ合いながら、自分の殻からでてくることができる単純さ。蒔田のような人は、現実にはおそらくどこかにいるのだろう。皮肉をこめて言えば、三十代前半でひきこもる「ゆとり」がある蒔田は恵まれているといえよう。

他の登場人物、お金持ちの青年でドイツ人のマティアス、アメリカで物理学を教えていた過去を持つバーテンダー坂崎もこれといって魅力的な登場人物ではなかった。現実的でもあり非現実的でもある彼らの存在。いろいろな悩みを抱えた人が存在することは理解できるが、二人の存在が小説の中で特別な効果をもたらしていたとは思えない。むしろ、架空の設定であるという印象を強く残した。

第二に、人間関係の描写。主人公の姉の存在。姉妹間の親しく近いがゆえの嫉妬や葛藤。こういった人間関係の描写も理解できる。しかし、姉が若いころに誘拐された事件、そしてその後の姉の心理的変化などの描写は突拍子もなく、架空の設定という点をまたしても強く印象づけた。特に誘拐事件がなくても姉妹間の葛藤は十分描くことができたであろう。本書の最後には、姉を恋しく思う蒔田の心の変化について描かれているが、急展開して結論へと急いでいる感があり、もう少し繊細に描くことができたのではないだろうか。しかし、何といっても、このように家族内の葛藤、特に兄弟や姉妹間の葛藤をテーマとしている小説は、よくあることで格別な新鮮さを感じなかった。さらに、蒔田、マティアス、坂崎の三人の微妙な関係の描写についても同様である。彼らの会話のやりとりや、ところどころ謎めいた三人の関係、そして最後に図書館で写真を探し始めた三人についても、特に魅力的なものとしては映らなかった。

第三に、メッセージ。本書には、単純な日常生活の中でのふとした発見や瞬間が、すでに見慣れたものごとを美しく映しだす、というメッセージが込められている。登場人物の三人が夜にハシャイでカートに乗り、坂崎を家まで送り、二人でホテルまで戻ってきた蒔田とマティアス。翌朝、起きた蒔田は海の美しさに気づく。

　昨日だって、あった。一昨日だって、その前だって、ずっとずっと、変わらずそこにあった海だ。なのに、今日のこの美しさは、尋常ではない気がした。（一八八頁）

楽しいと思うといつもと同じ風景も美しく映る。

同様に、〈うつくしい人〉とは、本人がそう思っていれば、誰にでも当てはまる。

　私は誰かの美しい人だ。私が誰かを、美しいと思っている限り。（二二四頁）

蒔田は、こうしたメッセージに気づかないで鬱積した気持ちを持ちながらこれまで生活し、年を重ねていった。このようなメッセージや話の展開は単純である。しかも、本書を読む前に、本書のタイトルから推測した内容がまさに描かれていたため、メッセージには新鮮さはなかった。

主にこれら三点の理由で、本書を読み終えた後、昔味わったあの感覚に出会うことはなかった。もちろん、本書を読み、感動する読者、勇気をもらう読者、離島のリゾート地に一人旅をしたくなる女性はいるであろう。十代の頃の自分であったなら、この本に感動したのかどうかは推測の域を超えないが、『つぐみ』や『キッチン』のように、おそらく面白いと感じたであろう。「あとがき」で最初に感じた違和感は、実は、二十年前の自分には異文化ではなかったのかもしれない。

しかしながら、三十代後半の今の自分の心に響くものは本書にはなかった。もがき苦しみ「走り続けた」十代・二十代を経て、ある程度の人生経験を積み、精神的にも経済的にも自立（律）した「大人」として生活をし、それなりの社会的責任を持ち、職務を遂行している今の自分には、本書の内容や展開が推測しやすく、どこかで既に出会ったような内容が多かった。現状に満足している（と、思っている）私には、本書で描かれているような不思議な登場人物も、謎めいた関係も、逃避するための離島のリゾート地も必要ない（と、思っている。）むしろ、三十代後半でこの本に触発され、自分探しのために離島のリゾート地に行こうと思う読者がいるとしたら、現代の日本社会の病みは、そこにあるのではないかと考える。

小説の面白さとは何であろうか。それぞれの小説には、実年齢および精神年齢を含め、対象となる読者層があり、自分でそれを選定して小説と向き合う必要があるといえる。年齢や状況によって小説の嗜好が変化することがある。自分の置かれた状況に適した本に出会うと、その本の面白さが最大限に伝わってくるであろう。

本書を通して、二十年前の自分を振り返り、その間に生じた自らの変化について実感する機会を与えられた。

（本学専任講師、十六世紀スコットランド思想史）

〈美しい人〉のいない『うつくしい人』――高橋夏海

蒔田百合は、常に、人からどう見られているのかを意識してきた。社会から取り残されないように、必死で周囲に合わせ、〈皆に認められる自分〉であろうとしてきた。そのために、ふと気付くと〈自分自身〉が何なのか分からなくなっていた。不安と恐怖を抱えたまま百合は瀬戸内海の島に立つリゾートホテルを訪れる。

百合は、ホテルの窓から見た海、〈ずっと、変わらずそこにあった海〉がその日、〈尋常ではない〉ほど〈美しい〉のを見て思う。〈海も変わるのだ。こんな立派な海が。では、私が変わることくらい、環境によって自分を見失ってしまうことくらい、起こりうることなのではないか〉と。百合は、〈誰の眼も気にせずに、自由に、行動している人〉を、〈そのままそこにあり続ける〉海をずっと羨ましく思ってきた。しかし、〈周囲から浮かないように〉、必死になってそれらに合わせていた自分もまた、〈自分自身〉であったのだと気づく。

百合が最も羨んできたのは、〈姉〉であった。〈姉〉は現実の世界と折り合いがつかなくなり、ずっと家に引きこもっている。百合にとって、周囲の変化に自らを合わせることを拒み、少女のままの〈自分であり続け〉る〈姉〉は〈美しい〉もので、その〈対極にある自分〉は、どうしようもなく醜いものだった。しかし百合は、〈姉の美しさを決めたのは〉、〈自分自身〉の〈卑屈な心〉だったのだと気づく。作者自身が、いつでも自分のままでいる「うつくしい人」と自らを比べて悩んでいた時に、ある精神科医が、〈素直だとか不器用だとかいうのは性格であって、善悪でも美醜でもない。〉（「著者による全作品解説　うつくしい人」「野生時代」09・6）と言ったそうだ。つまり、〈姉は、ただそこにいただけだった〉し、百合もまた、〈ただそこに〉いるだけで良かったのだ。百合はホテルで知り合った、〈マザーコンプレックス〉のマティアスに言う。〈ずっとそうでもいいじゃないですか〉、〈それが、マティアスなんだし〉。

〈美しい〉とは何なのだろう。本作には、美しい景色や、美しい容姿、性格など様々な〈美しい〉ものが登場する。しかしそれらは本当に〈美しい〉のだろうか。百合が〈美しい〉と憧れる〈姉〉は、三十五歳で〈男を知ら〉ず、家に引き込もっている。我々は、この〈姉〉の自由な性格を〈美しい〉と思えるだろうか。一般的に〈美しい〉とはいいがたい〈姉〉は、百合が羨み〈美しい〉と思うことで、初めて〈美しい人〉であり得ている。同じように、作中に登場する〈美しい〉ものは皆、百合に〈美しい〉と思われたものなのだろう。例えば、百合を不快な気持にさせた、マティアスの髪の〈目を射すような金色〉は、百合とマティアスが親しくなった後では、〈絵具で描いたように美しい陰影を描〉く〈金色〉となる。

「うつくしい人」には〈美しい〉と思われた人は登場しても、〈美しい人〉は登場しない。つまり、〈美しい〉とは、もの自体のことではなく、ものに対するその人の評価や感情の一種を表している。現実でも同様で、〈ただそこに〉あるものが、我々の主観によって〈美しい〉ものとそうでないものとに分けられる。美しくもなく、醜くもないものが〈ただそこに〉あるというのが、百合のいう〈圧倒的な日常〉なのだろう。

作者は、〈美しい人〉のいない本作を「うつくしい人」と名付けること、つまり〈ただそこに〉ある、美しくもなければ醜くもないものを、〈美しい〉と区別して、あえて〈うつくしい〉と呼ぶことで、我々皆の存在を肯定しているのだ。

（英語科二年）

『うつくしい人』――本当の私――

柳田奈菜子

「周囲の目」。誰もが一度は気にしたことがあるはずだ。他人の評価に怯え、感情の変化に過剰に反応し気付かぬうちに自身を抑制してしまう。彼らの多くは無理にでも集団に属そうとしており、その和に入ることで社会的地位を確立させ、自己防衛を図る。しかし、どんなに気持ちを抑えていても、思いも因らないところで吐露してしまうときがある。心に溜めていた偽りの自分を吐きだすことで外面も内面も美しく生まれ変わり、そこで漸く本来の自分が見えてくる。『うつくしい人』では、己の欲求に従いありのままに生きる人は、皆〈うつくしい人〉であると語っている。

日本人は集団で行動したがる。団体に属していないだけで、無視や苛めといった精神的な暴力を振るう。人は元来、自分と異なる考えや常識を持った者を異端とみなす傾向があり、異端とみなされた者は無論はじかれる。「一人ひとりの個性を尊重しよう」と子供の頃から幾度となく言われてきた我々の世代は、それと逆の傾向にあると言わざるを得ない。うつや自殺の増加もこうした問題が背景にあると言える。社会集団に馴染めなかったことで心を病み、「周囲の目」に怯え、自殺を図る者が絶えない。いつしか日本人は最も他人の評価に怯える人種になっていたのである。患者数百万人を超えたうつ病は、現代日本社会で最も警戒すべき病の一つだと言える。

以前に比べ己の欲求に正直な人間が増えてきたように感じる。インターネットの普及によって世界各地の情報を得られるようになり、視野が広がったからだろう。しかし、同時に蒔田百合のように他人を極端に恐れるようになる人間や、マティアスのように「普通」とされる行いに疑問を抱き不安になる人間もまた増えていると言える。人生において何が「普通」で、何が「常識」かだなんて分かる人間はいないはずだ。個人によって「個性」も違えば「普通」も違う。確かに協調性を大事にすることで、対人関係は良好なものとなる。だがそれは上辺だけであり、無理に意見を合わせても、いつかは内側から瓦解する。一人になるのは怖いかもしれない。いや、怖いだろう。しかし恐れて悩んで苦しんで最後に必ず光を見つけ〈うつくしい人〉になる。それが人間なのだと私は思う。

西加奈子は、人間の持つ感情、特に負の感情にとても敏感だった。作品にも表れていたが、本書の「あとがき」に自身の経験を記している。

執筆に取りかかった当時、私は、心の表面張力がぱんぱん、無駄な自意識と自己嫌悪にさいなまれ、うっかり傷つく中二状態が続いていた面倒な三十路女性で、些細な出来事を敏感に受け取りすぎ、何かしらびくびくしては、酒を食らって泥酔、翌日東京を出ようと決心して布団から出ない、ということの繰り返しでした。

蒔田百合は現代女性を象徴していると同時に、西加奈子という一人の人間をも表していたのである。窒息しそうな日々の中、未来に希望が持てずとも「思い出」があれば、暗い毎日を少し明るくできる。蒔田百合が訪れたホテルで出会った坂崎とマティアスとの思い出が、彼女の背中をこれからも押すように私たちの世界でも思い出が助けてくれるだろう。思い出から未来を導き出すことができるかもしれない。そして、偽りのない、ありのままの自分でいることで美しく光り輝けるのだ。本書を通して、人間は皆〈うつくしい人〉だということを西加奈子は教えてくれたように感じる。

（専攻科英語専攻）

日常の何気ない会話からみる人間性——「猿に会う」——

花井友紀乃

「猿に会う」（『東と西1』小学館、09・12）は、友人という枠にある三人の関係性に焦点をあて、様々な人との出会いを通じ、移りゆく心境を描いている。

物語は二十代後半になった現在を、中学〜短大時代の思い出を振り返りながら展開される。中学、高校、短大とずっと一緒に過ごしてきた、きよ・さつき・まこ。ある日三人は東心斎橋にある、占いをしてくれるとウワサの喫茶店〈刻の庭〉を訪れる。店には、レジに座る五十歳くらいのおばさんと腰にエプロンを巻くアキラという若い女性の二人がいた。占いはアキラさんがしてくれた。三人とも自分でも気づかないようなクセを言いあてられ、そのあと、恋愛の事などを聞いたけれど、まずは人と接する時のクセを見直すように言われる。

年に一度、冬に旅行に行くことにしている三人は、日本で一番のパワースポットといわれる日光東照宮の陽明門を目当てに「鬼怒川・日光・草津めぐり三日間」の旅へ出かける。鬼怒川の温泉宿に泊まった晩、占いをしてくれたアキラさん（本名：明子）が殺人容疑で逮捕されたことをニュースで知る。翌日、パワースポットである陽明門へ向かうことになった。表門を入った所で「見ざる、言わざる、聞かざる」で有名な猿の彫刻が目にはいり、写真を撮る。それぞれ占いでいわれた、凝り深い目、おしゃべりな口、いらぬことにまで訊いてしまう耳を隠し写真を撮った。そして眠り猫、鳴龍をみて三猿のお守りを買い草津へ移る。

情報化社会に、生きる私たちは、日々様々な情報を手に入れては捨てを繰り返し、いったい何を望んでいるのだろうか。

目の前の情報に惑わされ、その場限りの楽しさを求め……。本当に求めていることは毎日の中にあるはずなのに私たちは見目形もないものに惑わされているように感じる。

美しいと感じたことや衝撃をうけたことに足元をすくわれ、あっと気づいた時には、もう跡形もなく消えている。誰しもがそんな経験をしたことがあるのではないか。コトは一瞬だから美しい。また自分にないものだから美しく感じる心がある。人間はいつもない物ねだりであり、他者を見て、自己を投影する。どんなにうらやましがったとしても私が私であることは変わらない。美しいものや、自分の理想を求めるのならそれなりの努力が必要である。常識（モラル）や責任に縛られる毎日を送る中で、時々私たちは自分自身を見失うことがある。そんな時は、一見何も進んでいないように捉えてしまいがちであるが、自分自身の中にある心の葛藤に耳を傾けるべきであり、それが〈「自分の本当の姿」〉を知る一番の近道である。日々の行いを振り返り、全てを素直に受け入れ、一歩一歩進んでゆけばいい。そうして、私は私であるというアイデンティティの確立をしてゆくこと。そして、いつも自分の心に素直に、失敗を恐れずチャレンジすることが大切である。ふと現実をみてみると何気ない毎日はキラキラして見える。

西加奈子の「猿に会う」は、普段の何気ない毎日、同じことを繰り返す毎日は、自分次第で変わるのだと教えてくれている。

（英語科一年）

『きりこについて』――自分が自分であるために――

荒川咲貴

私たちは〈おのおのの心にある鏡〉――しばしば〈他人の目〉や〈批判〉、〈評価〉、〈自己満足〉という言葉に置き換えられる――に自分の〈容れ物〉を映し出して生きている。

物語の中では二つの対比がしばしば使われる。その一つ目が〈容れ物〉と〈中身〉だ。外見や容姿ではなく〈容れ物〉という表現は非常に珍しい。いや、珍しいだけではない。この〈容れ物〉という表現は、物語の核を的確に捉えている。〈中身〉が詰まっていてもいなくても〈容れ物〉は〈容れ物〉。〈容れ物〉を見ただけでは、その中にどれほどの〈中身〉が詰まっているのかを予測することはできない。つまり〈容れ物〉さえ着飾っていれば〈中身〉が乏しくても高い評価を得ることが可能だということだ。まさに〈人間〉を表しているといえよう。私たちは〈可愛い〉や〈恰好いい〉という〈容れ物〉だけで相手や自分を評価しているのではないか。憧れの芸能人を意識したメイクや髪型をし、好きな異性が自分に似合うと言ってくれた洋服を身にまとい〈鏡〉に映る〈可愛い〉私の〈容れ物〉に陶酔する。こんな〈人間〉の滑稽な姿を見た〈猫〉たちは〈世界で一番猫がえ〉ことを再認識するだろう。

もう一つの対比は〈人間〉と〈猫〉だ。先述した〈鏡〉も、〈猫〉たちにとっては〈排泄物よりもないがしろにされるもの〉であり、下手をすると〈仲間たちに匂いでメッセージを伝える意味のある尿や糞の方がよほど価値〉があるとさえ言われてしまうものだ。猫たちは〈存在意義〉も〈無駄なロジック〉も〈言い訳も嘘も偽りも虚栄も強欲〉も知らない。〈すべてを受け入れ、拒否し、望み、手に入れ、手放し、感じ〉るのだ。〈猫〉たちの〈知っていること〉と〈知らないこと〉のあまりのまっとうさの前では、〈人間〉は頭が上がらない。また、人間の女性たちが〈大きな家〉や〈立派な車〉、〈綺麗な庭〉、〈三角だったり四角だったり〉して〈いびつ〉な〈本物の宝石〉の〈現実〉を求め〈金色高給軟弱男〉を選んでいても、〈猫〉は気にしない。〈猫〉の〈現実〉は〈人間〉のそれとは大いに異なるからだ。〈世界は肉球よりも丸い〉。それに尽きる。〈肉球よりも丸い世界〉に生まれ、この世界で〈子どもを、作り続けること〉。それこそが猫たちのたった一つの〈現実〉だ。人間の男の子たちが毎日飽きもせずに〈可愛い〉女の子を追いかけ回しているときでも、雄猫たちは〈毛並みの良い白猫を追いかけていたと思ったら、次の日にはたわしのような毛をした、太りすぎの猫を追いかけ回している〉のだ。〈容れ物〉も〈中身〉も関係ない。大切なのは、〈尻の匂いがいい具合か〉ということだけだ。〈猫〉たちは自分の欲求に実に忠実なのだ。

〈「自分」の欲求に、従うこと。思うように生きること。誰かに「おかしい」といわれても、誰かは「自分」ではないのだから、気にしないこと。〉そんな当たり前のことが〈人間〉には難しい。私たちは〈心にある鏡〉に囚われ過ぎてはいないだろうか。そもそも〈可愛い〉の基準と〈**ぶす**〉の基準は誰によって作られたものなのか、それすら不明確な世の中だ。

これは〈**ぶす**〉な〈きりこ〉の物語である。〈自分〉が〈自分〉であるための、〈自分〉が〈自分〉を愛するためのちょっとしたヒントを与えてくれる、そんな小説だ。

（二〇〇九年度英語科卒、みずほ銀行）

「人間の世界」と「猫の世界」──『きりこについて』──葛西李子

この物語は、きりこのたぐいまれな人生が、きりこの飼い猫、ラムセス2世によって語られる。ラムセス2世は、オスのしっとりと濡れたように光る、黒い猫である。ＩＱは740と聡明で賢い。

そのラムセス2世の飼い主であるきりこは、誰から見ても〈ぶす〉である。しかも、パァパとマァマにかわいいと言われて育てられたため、自分が〈ぶす〉であるとは全く知らない。しかし、同じクラスのこうた君に告白をしたとき、自分は〈ぶす〉だということに初めて気付かされる。それから、きりこは学校に行かなくなり、一日中寝て過ごすようになる。〈ぶす〉であるがゆえに、人間の世界で生きていくのには辛いことを思い知らされる。そんな現実から逃れるように夢の世界へと逃げていく。

きりこの夢の世界には、ラムセス2世とその仲間の猫がいる。その世界は「猫の世界」でもある。〈人間界ではぶすだと思われるきりこの顔は、猫の彼にとっては、大変良い具合に見え〉るため、きりこを尊敬している。猫たちはきりこのその不細工な顔、とくにごちゃごちゃとせわしない、歯にうっとり魅了される。猫にとって、きりこはアイドル的存在である。〈ぶす〉のきりこは、猫の世界では、楽しく生きていける。きりこは次第に「猫の世界」で生きていくようになる。〈ラムセス2世、猫って、ええなぁ〉、〈世界で一番、猫がええんです〉、〈人間より、猫のほうがええ〉。ラムセス2世はきりこに猫の世界の素晴らしさを説く。やがてきりこは、「猫の世界」でもっとも尊いこととされる〈夢を見る〉。その夢できりこは、幼馴染のちせちゃんが、レイプされた苦痛を誰からも理解してもらえずに苦しんでいる夢を見る。きりこは、〈夢を見る〉ことを通して、人の悲しみを知る、特別な才能の持ち主であった。

人間の世界から疎まれ、排除されたきりこは、はたしてかわいそうな子なのだろうか。それとも、猫の世界に受け入れられ、特別な才能に恵まれた幸せな子なのだろうか。「人間の世界」では、かわいそうなきりこで、「猫の世界」では、幸せなきりこ。では、その二つの世界はどう違うのか、何がそれらを分けているのか。

それは、人間の持つ常識を〈知っていることと、知らないことの違い〉だ。私たち人間は、きりこを捉えるとき、〈**ぶす**〉だから……という前提できりこを捉えてしまう。猫だから、人間より劣っていると考えることと同じだ。つまり、人間は、常識という名の固定観念を持ってしまっている。一方、猫は人間の常識を知らない。猫にとってみれば、きりこはきりこでしかない。〈ブス〉という固定観念に縛られず、見たもの、感じたものすべてをそのまま理解できる。猫というのは、自由な存在として描かれている。ラムセス2世の「猫の世界」をからみた「人間の世界」は矛盾に満ちている。

私たち人間は、常識にとらわれている。その常識の枠組み内でしか物事を判断できない。しかし、ラムセス2世が物語を語るという形式を通して、「猫の世界」、つまり人間の常識の枠組みの外の世界から、物事を捉え、判断することを可能にしている。きりこは、常識の枠組み内でみれば、〈**ぶす**〉である。しかし、その外側からみれば、神秘的、あるいは、尊敬の対象であり、素晴らしい才能の持ち主でもある。私たちの持つ常識は一つの小さな枠組みでしかない。この作品は、私たちのもつ常識の枠組みを超えて、人間を、そしてその世界を別の枠組みで、もしくはもっと大きな枠組みで捉えることが必要だということを示している。

（英語科二年）

『きりこについて』――幸せにつながる自分――

佐々木茉麻

これは、きりこの物語である。〈きりこは**ぶす**である〉。しかし、親の愛情をたっぷり受けて育ったきりこは、自分のことを世界で一番可愛いと思って生きてきた。そんなある日、きりこは好きな男の子に〈**ぶす**〉だと言われ、心を閉ざし、自分を見失っていく。

〈**ぶす**って何だ。誰が決めたのだ。では、美しさとは〉何か。見た目を気にしない人はいない。誰だって可愛いと思われたい。なぜなら、人は中身だけで人を見ないからだ。外見の印象から内面を判断することは自然に起こることであり、外見がその人を判断する重要な要素であることは事実だ。しかし、何が可愛くて何が〈**ぶす**〉であるかなど、本来決まりはない。人の評価基準は曖昧で、感じ方がすべて一致することなどあり得ない。人に言われた〈**ぶす**やのに、あんな服着て〉という言葉が、「自分」のすべてになってしまっていいのか。〈**ぶす**〉より美人の方が良いに決まっている。しかし「幸せ」とは何処か別のところにあるのではないだろうか。

それでも人は当たり前ではない当たり前を信じている。だから、人は自分を社会の基準に合わせようとする。人からおかしいと思われたくなくて。人は、他者からの「見え方」ばかりが気になってしまう。誰が決めたのかわからない「結婚は男と女がするものだ」などという当たり前（基準）を信じ、物事の善悪を判断する。絶対的な基準がないのに何をもっておかしいと、人を否定するのだろうか。人の人生など様々だ。人からどう思われるかを考えて生きていたら「自分」がなくなる。意味がない。しかし、自分の思いを前面に出して生きられるほど社会は寛大ではない。自分の生き方を貫く人を世間は時に、社会性に欠ける不適応な人間と見なす。その人らしさが求められていない社会は、つまらなく、悲しい。そうやってどんどん自分の世界を狭くして、間違っているかもしれない解答をし、「自分」がないことを、社会に受け入れられていると勘違いし、間違った自信を身につけて安心感を得る。そんな人生が本当に「幸せ」だと言えるのだろうか。

中身と外見、どちらを重視するかと問う。なぜ比較して考えたがるのか。人間は誰でも中身と外見、二つの要素を持っているのだから、あえてそれを切り離したり、一方だけを重要視したりすることはできない。両方あって初めてその人なのだから。

きりこは、〈今まで、うちが経験してきたうちの人生すべてで、うち、なんやな！　**ぶす**のきりこ。きりこの、すべてが、きりこ、なのだ〉と気づく。人は自分の生きる過程で起こった出来事や経験を基に、自分の基準を作って生きているところがある。理由は様々ではあるが、その背景にあるのは人それぞれの人生である。それは時に、コンプレックスや傷ついた経験から生じる場合もあるし、幸せな体験から生じることもあるだろう。きりこが自分を見つけるためには、きりこが通ってきた道のりすべてが必要だった。〈**ぶす**〉でなければきりこの幸せはなかった。〈「誰か」は「自分」ではないのだから〉と、思えるようになって初めてその先に幸せが見えてくる。他人の目を気にし過ぎるあまり何もできない人でいるよりも、「自分」で在り続けて生きる人である方が幸せである。〈その人だから、他の誰でもないから、綺麗だと思った〉と、言えるきりこの心は透き通っている。人に美を見る時、それは容れ物だけに見るのでもなく、中身だけに見るのでもない。それは、きりこをみれば明らかだ。

（幼児教育科二年）

無条件の愛で包み込むということ――『きりこについて』――

西本紗和子

『きりこについて』（角川書店、09・4）は、身体という、〈容れ物〉にとらわれて生きる人間と、ただ死に向かって生を全うする猫の両世界とを、西加奈子が愛し憧れる存在である猫の視点で、いかに人間世界が不可解で不条理であるかをシニカルに描いた作品である。中でもとりわけ強く描かれているのが人間の「美醜」についてである。作者は、この作品以外の『さくら』（小学館、05・3）や『きいろいゾウ』（小学館、08・3）などにも、容姿の醜い人物をよく登場させる。『さくら』では、主人公の薫と飼い犬のサクラは地味な容姿であるのに対し、両親と兄妹は誰もが認める美男美女として描かれ、薫の劣等感がうかがえる。『きいろいゾウ』でも、洋子ちゃんというませた小学生がかわいくなく、煙たがれる存在として登場する。

なぜこんなにも美醜に固執するのだろう、と疑問を抱いたのだが、そこには、〈「ぶす」とは、「かわいい」とは一体誰が決めたものなのか、世の中になんとなく根付いてしまっている根拠のない価値基準はなぜ生まれるのか〉（立教女学院短期大学「日本近現代文学セミナー研究発表会」10・11・19）において、評者の「なぜ人間の美醜にこだわるのですか」と言う質問に対してのお答え、という作者自身が長年抱いてきた疑問があった。そしてその問いを西は、読者に問いかけ、また、作者自身にとっても見つめ直すべき事柄であると考えているからである。

物心がはっきりし出だしたのは、十一歳頃らしいという記述があるが、それまでの間子どもは、大人や社会からかけられている魔法に酔っているため、いかなる事柄にも疑問を抱かない。ここでいう「酔い」が醒めるきっかけは、きりこの初恋の相手であるこうた君が教室で言い放つ〈やめてくれや、あんなぶす〉という一言である。この日を境に、きりこは周囲から〈ぶす〉として認識され、彼らの中に美醜という人間の評価基準と、そこから成る不条理なヒエラルキーが誕生する。こうして、今まできりこの後ろに隠れていた可愛いすずこちゃんやノエミちゃんは彼女から独立し、一躍男子生徒の注目の的となる。ある意味、この酔いからの醒めは、大人や社会に対する反抗と解釈することができる。〈まあ、きりこちゃんやね、うちの子が仲良くなりたい言うてたよ。〉という、クラスメイトの母親がお情けでかけた言葉や、きりこが幼少時代に権力をふるっていた〈きりこ皇女〉という地位など、それまで心の奥底にあった疑問や訴えが解き放たれ、自分が酔っていたことに気付く瞬間である。

一方、大人には「酔い」は無いが、いつしか心が子どもから大人へと変化する時、これと類似した醒めが起こる。人間の評価基準に「地位」や「名誉」などといったプラスアルファの要素が新たに加えられるからである。哀れにも〈ハンサムで足の速いこうた君〉がある時急にモテなくなってしまうのは、正にその通りだからだ。実は、この小説の終盤で語られる登場人物たちのその後の歩みの中で、かつてモテていたこうた君や、可愛いすずこちゃんが、〈容れ物〉とは裏はらに不幸な人生を歩むことになっているのは注目すべき点である。先ほど取り上げた『さくら』でも、薫の兄一は、ある時交通事故で美貌を全て失ってしまう。そこで初めて、今まで自分が怪物扱いをし、〈チキンレース〉の対象にていた公園に現れる形相の恐ろしい男、フェラーリの悲しみと孤独を知るのである。西加奈子が描くこれらの〈うつくしい人〉々の不幸な結末が意味するものは何だろうか。それは言うまでもなく、「なぜ」美醜によって人間の価値基準が決まるのかという訴えである。

『きりこについて』では他にも、ちせちゃんという性被害を受けた人物が登場する。彼女は〈あたしは、自分のおっぱいと、足が綺麗やと思うから、出してんの。それをなんで、襲ってくれ言うてるなんて、思われなあかんの?〉と訴えるが、周りに受け入れてもらえない。性犯罪は加害者と同時に被害者にも非があると責められる風潮があるが、ちせちゃんは、アイデンティティの一つとして自己表現をしているだけなのである。

〈きりこは、**ぶす**である。〉という一文から始まるこの小説は、〈百人!〉は、〈**ぶす**である〉と言ってしまうほど醜いきりこが、〈容れ物〉である自身とその内側にいる自身との間で葛藤を繰り返していくという、一見救いようのない印象を受ける内容だ。そんな中で、唯一の救いとなっているのは、〈きりこちゃんは、ほんまにほんまに可愛いなぁ〉と言い続ける両親の「無条件の愛」である。だが、この「無条件の愛」こそがきりこの一生を不幸なものにしているのではないか。なぜなら、彼女はそのせいで長い間、自分を客観視することができず、〈**ぶす**〉だと言われた日からは、あまりの衝撃に部屋に閉じこもってしまうようになるからである。しかし、この両親からの「無条件の愛」こそが、きりこの最終的な人格が生成される際に不可欠な要素となっているのだ。

それは、みさちゃんやさえちゃんと比較するとよく分かる。彼女達は、いち早く自分は〈にぶく〉〈可愛くない〉ということを悟り、漫画や被害妄想などといった現実逃避に走ってしまう。みさちゃんに至っては、美容整形で自分の姿を変えてしまうほどだ。そこがきりことの決定的な違いである。きりこは、他の誰でもない自分自身を愛し、認知されることを願っている。〈容れ物〉としての自分ではなく、心が受け入れられることを願っているのだ。それは、両親の「無条件の愛」がなくてはたどり着けない答えであろう。

この『きりこについて』の物語を猫が語る意味とは、何だろうか。きりこの飼い猫であり、この小説の語り手でもあるラムセス2世も、彼女の全てを愛する存在の一つである。ここで描かれる猫たちは、不可解な人間社会を見据えながら、自分の死期を予知し、死に向かって生を全うするために生きている、というものである。つまり、死期を悟っている猫にとって「美醜」や「名誉」など、取るに足らないことなのである。きりこはラムセス2世と長く時を共にするにつれて、猫の生き方に惹かれ、感化されてゆく。そして彼女が大人になった時、自分もまた〈容れ物〉に囚われていたということに気付くのである。

作品の終盤で四十歳を目前にしたきりこが、〈うちは、『ぶす』で良かったんや！〉、〈うちは、容れ物も、中身に込みで、うち、なんやな。〉、〈経験してきたうちの人生すべてで、うち、なんやな！〉と、声を大にして言う。その通りである。根拠のない価値基準など取っ払い、真の自分自身を命一杯生きるということ、また、自分も他者に対して「無条件の愛」で包み込んであげること。それが本来私たちのあるべき姿なのであり、西加奈子が最も伝えたかったことであろう。

（英語科二年）

変貌する女達――「炎上する君」――大畠佳奈

『炎上する君』（角川書店、10・4）は、一風変わった話が八編収録されている短編集である。特に印象的だったのが表題作の「炎上する君」（10・2）である。〈足が炎上している男〉に恋をした親友二人の話である。今までオシャレや恋なんてものをしてこなかった二人が〈足が炎上している男〉と出会い恋に落ちる事で、地味で無愛想だった女から「女言葉」を使ったり、身なりにも念入りに気を遣うようになったりと、二人は恋する乙女へと変貌していく。他の短編も、「女の人が女として生まれるということ」がどういうことか、という問いが共通してある。作者自身〈「社会的によしとされている価値観や行動基準に囚われている自分がたまに嫌になる」〉（「ダ・ヴィンチ」10・6）や、〈主人公たちがいっぱいいっぱいな状況ゆえに、周囲に壁をつくって自分を遮断してしまっている〉（「オレンジページ」10・7・17）と述べているように、作者が日々「美醜」や「自分と他人との距離感」について考えている。作者は、「ものすごいブス」を物語に登場させる事がよくある。例えば『美しい人』（幻冬舎09・2）の百合や『きりこについて』（角川書店、09・4）のきりこである。「炎上する君」では一般的にブスだとされる彼女達が、恋をして変わっていく様子をとても楽しげに、可愛らしく書いている。それを「ブスのくせに……」とは誰も思わないだろう。例え皆にブスだと思われていても、からかわれていても、こんなに一生懸命人を愛する事が出来るなんて、変わることが出来るなんて、なんて素敵なのだろうと思わせてくれる。

ところで、男の足は何故燃えているのだろうか。彼女達は、恋をしているため、その恋の情熱を燃えている炎で表していると捉えられるが、男性は恋をしていたとは書かれていない。どうやら長い間燃え続けているようだ。ただ彼は〈炎上している足〉を周りにけむたがられ、白い目で見られていた。自分を理解し、受け入れてくれる者を必死で捜しており、その熱い感情が炎上して足を熱くさせていたのだ。女二人もブスだと周りにけむたがられ、からかわれ、同じような気持ちを抱いてきたはずだ。三人はお互いに同じものを感じたのだ。言葉では伝わらない、目の奥で何か語りかけてくるものを、お互い感じ取ったのだ。男の必死さが、〈「ひとりの人間」をまっすぐに見つめる、目であった〉とあるように、男自身も燃えているのが何故だかわからない。女二人に燃えている原因よりも自分を受け入れてほしいという思いが強い眼差しを通じて伝わった。女二人もそんな彼のまっすぐな眼差しの強さに惹かれ、女まで炎上してしまったのではないか。

何故三人だけが燃えていたのか。彼に恋をした女達二人が同様に燃えるようになってしまったのか。いつかその恋が終われば炎は消えてしまうのだろうか。何故彼ら以外の恋をしている人達は燃えないのだろうか。

結局、何故炎上しているのかは、どうでもいい。理由は書かれていないのだから、どうでもいいのだ。作者は「何故燃えているのか」よりも、「燃えていること」自体に意味を持たせている。愛情を炎で情熱的に表現している。恋する彼女達を美しく、そして〈足が炎上している男〉を炎上しているのにも関わらず謙虚に表現している。見た目はおまけで、その人が何を訴えようとしているのかが大事なのである。彼女達も、炎上している事にしつこく質問をしたり、疑問を抱いたりはしなかった。彼のまっすぐとした瞳が訴えかけている事だけを感じ取り、そして恋をした。

（英語科二年）

炎上する作家――『炎上する君』――高根沢紀子

撰ばれてあることの／恍惚と不安と／二つわれにあり　ヴェルレエヌ

『炎上する君』（角川書店、10・4）は、表題作を含む八編を収録した短編集だ。八作品に直接の繋がりはない。しかし、作品は〈どれも、ある種荒唐無稽な設定から出発して〉（三浦天紗子「anan」10・6）おり、〈読み終わる頃には、愛や勇気といった人生の真実が、心の奥にしっかりと根を下ろして〉くる物語として捉えられている。いったい〈荒唐無稽な設定〉から導き出される〈人生の真実〉とは何だろうか。

作者は、この短編集を次のように語っている。

この短編集で意識したテーマは「女性性」です。私自身、自分の身体が女ということから意識のどこかで「女であること」に捉われている気がしていました。そんな価値観からの脱却を目指すというテーマは自分自身にとっての課題でもあり、そしてこの短編集それぞれの物語の軸となっています。（「清流」10・7）

たしかに、「炎上する君」（10・2）では、女性は美しくなければいけない、ブスは恋をすれば笑われるといった〈価値観からの脱却〉を描いている。〈自分の容姿や性格では恋愛は結婚は叶《かな》うまい、と達観〉する女性二人は、〈自分が一番手を染めなさそうなこと〉として学生時代の二人の渾名にちなんだ〈「大東亜戦争」〉というバンドを始める。そのバンドでも〈皆様の期待を裏切ってはいけない〉と、あくまで他人がつくる〈価値観〉に捉われる〈真面目な〉二人だったが、〈足が炎上している男〉と遭遇し、恋に落ちる。二人は〝ブスは恋をしないのだ〟という自分自身の〈価値観〉を破り、〈女性的な行為〉を許すことができた。

「トロフィーワイフ」（10・4）では、「炎上する君」の二人とは逆に綺麗でい続けるだけの自分の人生を肯定しながらも、その〈価値観〉に疑問を感じながら生きる〈孤独〉な姿が描かれた。また、「太陽の上」（08・11）、「私のお尻」（10・3）、「舟の街」（09・6）、「ある風船の落下」（10・4）には、自分の美しさ、〈価値観〉を肯定できずにいる者たちが、その考えから〈脱却〉もしくは〈脱却〉を目指す姿が描かれていた。

そもそも〈女性性〉にまつわる〈価値観からの脱却〉は、『炎上する君』に限らず、作家に通底するテーマだ。「美しいとはどういうことか」という問いは、『さくら』（小学館、05・4）にも描かれていたし、『きりこについて』（角川書店、09・4）にいたっては、徹底的に〈ぶす〉なきりこが〈『ぶす』で良かった〉と自己を認めるまでが描かれていた。『うつくしい人』（幻冬舎、09・2）でも、タイトルそのままに《美しさ》という問題が取り上げられていた。しかし、この短編集から伝わってくるのは、それだけではない。

八作品を通して、むしろ強く浮かび上がってくる想いは、作家であることへの拘りである。これまでの作品、デビュー作から作家は登場していた。「あおい」（『あおい』小学館、04・5）は、はちゃめちゃな生活をおくっているさっちゃんがカザマ君の子どもを産むことを決意する、というさっちゃんの一人称の物語だが、作品は、作家志望の友だちのみいちゃんの小説、生れてくるさっちゃんの子ども〈あおい〉へのメッセージに縁どられていた。「あおい」は、さっちゃんが自己肯定する物語であると同時に、みいちゃんが小説を書くまでの物語でもある。また、『きいろいゾウ』（小学館、06・2）のムコは、小説家という設定だったし、「灰皿」（『しずく』光文社、07・4）には、小説家である若い女性の苦悩が描かれていた。『炎上する君』に収録された「空の待つ」（09・10）は、偶然拾った携帯電話に、小説家として悩む〈私〉がはげまされる話だ。その意味で西加奈子にとって、作家という設定は特別なものでない。しかし、『炎上する君』で目を引くのは、「甘い果実」(09・12)において、山崎ナオコーラという実在する作家を登場人物にしたことだ。〈私〉は、作家志望の書店員で、作家として成功するナオコーラに憧れ、嫉妬している。作者は、この作品の創作意図を

「これはもうナオコーラちゃんありきで。彼女には作家という存在の代表的なものとして登場してもらったのですが、作家ってイメージの持たれ方がすごく微妙で。私自身、作品そのものを感じたいと思うのに、どうしてもその背景にある作家という人の存在が気になって、その感覚をいらんと思うときがあって」

(「ダ・ヴィンチ」10・6)

と述べている。作品に作家は〈いらん〉と言っているが、実在の作家そのままの名前が使われていれば、読者には、現実のこととして捉えられてしまうことは必至だろう。さらに、ナオコーラと西加奈子がとても親しい関係だということを知っている西加奈子(もしくはナオコーラ)ファンであるならば、なおさらだ。

例えばそれは、太宰治が〈太宰〉という人物を作品登場させる(「虚構の春」など)ことと連想させる。読者は登場人物だとしても人間太宰治を重ねて読んでしまう。もちろん作家はそれを意図しているからある程度実体験に即したエピソードを盛り込んでいる。西の場合も、ナオコーラを出すことによって登場人物の〈私〉が、西加奈子自身のような(もちろんそのままではないのだが)錯覚をさせる。

読者は、西加奈子をと山崎ナオコーラを想い浮かべながら「甘い果実」を読みすすめているのに、最後にナオコーラは、男であることが明かされる。〈私〉も、それ以上に読者は「やられた」という気持ちになる。ナオコーラに恋をした〈私〉が書いた長いラブレターが、〈私〉の作家デビュー作〈「甘い果実」〉となったという結

末には、小説が現実に基づいていながら、やはりフィクションであること、また作家という存在もまた作品なのだという〈真実〉を伝えているだろう。

太宰治は処女短編集『晩年』（砂子屋書房、昭11）において、さまざまな実験を行っている。そしてその作品群の見取り図として「葉」（昭9）という作品がある。冒頭のヴェルレエヌの言葉は、そこに掲げられたエピグラフだ。『晩年』に収められた短編の見取り図であると同時に、これからかかれる作品の計画表でもあった、「葉」には、作家としてのゆるぎなき自信とそれが受け入れられるのかどうかの苦悩が吐露されていた。

自己を濃厚に語りたいという欲求。それは大阪弁で語ることにも表れている。太宰治同様、西加奈子は、本質的に私小説の作家だろう。既存の〈価値観〉からの〈脱却〉を掲げるということは、逆に〈価値観〉にしばれていることの表明でもある。さまざまな〈価値観〉に縛られ、自分が作家として受け入れられるのかという〈不安〉、同時に苦悩する作家としての自分を愛しみ肯定しているのが、『炎上する君』という短編集だろう。『炎上する君』は、これまでの著作のなかでもっとも作家西加奈子の近くによりそっている。だからこそ、〈荒唐無稽〉に思える物語の設定は、〈人生の真実〉として読むものにせまってくるのだ。

「炎上する君」で〈炎上〉しているのは、〈足が炎上している男〉とそれに恋をする、女性二人だ。彼らが、何故〈炎上〉しているのか、それは書かれていない。何故書かれないのか、それが重要ではないからだ。重要なのは〈炎上〉しているという状態事態そのものだ。

〈炎上〉しているのは作家自身だ。そして〈炎〉が熱く美しく照らしているのは、作家自身であり、読者でもある。これからも、作家西加奈子は〈炎上〉し続けるだろう。書くこと、それが生きるということだからだ。

（本学専任講師、日本近現代文学）

ダイオウイカは知らないでしょうを紹介しましょう——新山志保

『ダイオウイカは知らないでしょう』（マガジンハウス、10・10）は、雑誌「anan」での連載「西加奈子×せきしろの短歌上等！」（09・1〜10・7）に、加筆・修正をし、描き下ろしを加えたものである。コラムニストやラジオの放送作家なども務め、マルチな活動をしている文筆家、せきしろとの共著である。

短歌の本とは言っても、女性向け雑誌の連載だけあって、短歌に関する造詣はなくても構わないということになっている。読者はホストである二人と一緒に楽しみながら短歌を知っていこうという、文芸に馴染みがない人にもとっつき易いスタンスから出来上がっているのだ。連載は、ゲストを呼んでお題に沿って対談形式ですすめられる。穂村弘、東直子、俵万智といった短歌のプロが二人の歌を分析、アドバイスをする学びが濃い回もあれば、山崎ナオコーラ、ミムラ、山里亮太、山口隆ら十四名の作家、俳優、芸人、ミュージシャンなどのゲストが一緒になって歌を詠み、楽しめる回もある。

例えば、ゲストの女優・ミムラは西のある歌に共感するが、それは実は西がミムラを想像して詠んだ歌であった。ほかに、ミュージシャン・山口隆の回では、「始まり」というテーマで西が詠んだ「ずっと圏外で行け」というフレーズから、人と携帯電話の距離感や本当に携帯電話は必要かどうかと、三人の間でちょっとした議論にまで発展する。また、二人きりで喫茶室ルノアールに陣取ってじっくり詠む回、鎌倉へ吟行するなんていう回もある。

〈ガリ勉ちゃん〉を自負するほどのしっかり者の西と、字余りな自作の短歌について〈早口で読めば大丈夫かと〉とコメントしてしまうようなマイペースなせきしろ。外出時は三時間前にパチッと目が覚め、身支度してからちょっとしたエッセイを書くという几帳面な西の性質をせきしろが茶化したと思ったら、選挙で近所の体育館に行き、投票もせずボールで遊ぶ年上のせきしろに対し〈何歳やねん。〉と年下の西が遠慮なしにツッコむ。二人の心地よい掛け合いもこの本の確かな魅力だ。

しかし、なんといっても一番の魅力はもちろん二人の詠む短歌である。西の切なくも美しいものへの愛情、そして持ち前のたくましさ。せきしろの嫌いになれない自意識過剰ぶりと物悲しさ。どちらも味わい深い。

西は短歌づくりにおいて、小説家としての強みをだした（自然に出たと言うべきかもしれない）ストーリー性のあるものを多く生み出した。

妹がほしいのと呟いた祖母　桜たくさんめしあがってね

さようなら　あんたはなんで掌に赤いもみじをかくしていたの

これらは、ありありとその情景を浮かび上がらせる。前者の歌について、ゲストの山崎ナオコーラは、〈ボケて少女になってしまったおばあちゃんの事を孫が見ている歌〉と解釈し、それに対し西も、〈孫も孫でそんなおばあちゃんと同化して桜を一緒に食べて。〉と頷く。西はそれを自らが思う〈究極の美しい情景〉と語っている。

後者の歌は、吉祥寺のルノアールで詠まれた歌である。西は〈別れの歌〉と説明し、〈ふたりがそこの（吉祥寺の）井の頭公園で別れ話をしてて、彼氏はツラくてギュッと拳を握り締めてて、手のひらがもみじの葉みたいに真っ赤になってる〉とストーリーを話す。短歌の特徴である文字数の制約が活かされ、伝わってくるものはより濃密でストレートで、強烈なくらい美しい。

なにひとつ忘れたいことがないのだ　そういう者に私はなりたい

後半部は、宮沢賢治「雨ニモ負ケズ」のパロディと思われる。冗談っぽく茶化しながらも、正直でまっとうなものでありたいという、切実な願いがうかがえる歌だ。賢治への尊敬の念が込められたパロディではないだろうか。

「わたくしあなたを卒業します」　はは、入学させた覚えはないぜ

「アパートの一階ですよ、若者が激しく愛し合っているのは」

この二首では、相手が同性であろうが恋愛中の幸せ者であろうが容赦しない斬りっぷりを発揮している。本業ではない短歌というフィールドでの表現とあらゆる人々との出会い。この二つがこの本でのキーとなっているのではないだろうか。せきしろと十四名のゲストたちは肩書き、年齢、気質、すべてが多様である。そんな人々と詠

み合い、そして語り合ううちに、西加奈子が色々な表情を見せ、より多面的・立体的な彼女の姿が読者の中に形成されてゆくのだ。

ところで〈ダイオウイカは知らないでしょう〉というタイトル、これは西が詠んだ歌の一部を引用したものである。

あの方が覚悟を決めた瞬間をダイオウイカは知らないでしょう

ダイオウイカとは、特に大きなものは体長二十メートル以上と言われる、無脊椎動物の中でも世界最大級の大きさの生き物なのである。西はこの本の「おわりに」で短歌づくりについて〈物語を作るような、同時に、同じ文字でも、もっと鋭角な五文字があるはずだ、ここは嘘のない七文字で、などと、文字にかける思いが大きく、大きくて、それは表すことへの姿勢だった。〉と述べている。

ここで一首。

西抱く君サイズほどの文字愛を　ダイオウイカは知らないでしょう

（英語科二年）

『白いしるし』——恋愛においての恐怖とは何か——出水田舞子

『白いしるし』（「小説新潮」10・4〜6。新潮社、10・12）の登場人物は皆、愛する人への執着心が強い。辛い恋愛ばかり経験し、また大切な人を失うことへの恐怖を感じ好きになってはいけないと思いながら、間島にのめりこんでしまう画家の夏目。種違いの妹を愛してしまい、彼女とくっついてしまっているのだと言う間島。自分のもとを去った恋人の帰りを待ち続けて大勢の猫と暮らす瀬田。瀬田の感情の琴線に触れたいがために猫を苛め、殴られる塚本美登里。彼らは自分たちの気持ちに正直に生きている点で共通しているが、思いを貫こうとすることで結ばれることなく、それぞれの恋愛においての「恐怖」を経験していくのである。

夏目は〈次に恋人を得るなら、穏やかな、凪の海みたいな恋愛をしたい〉と願いながらも、間島の繊細で正直な絵に感動し、あっという間に恋人のいる間島を愛してしまう。しかし間島は、夏目が求めているような凪の海みたいな恋愛をさせてはくれなかった。彼と過ごす時間の中で夏目は、自分でも驚くほど彼に惹かれ心を強烈に動かされるのである。そしてある日〈私は、彼に触れてから一度も笑っていない〉ということに気づく。なぜならば、夏目にとって間島という存在は支えであり、幸せの象徴であった。しかしそれ以上に〈強烈に彼を求めていたが、それと同時に〉彼といることは、〈目のくらむ〉「恐怖」であったのだ。

彼の恋人が、種違いの妹であると知り、彼の生い立ちを聞くなかで、彼の母親となり産んで育てたいという感情が芽生えていた夏目は、妙に納得する。自分が間島と結ばれるには、血の交えという「つながり」が必要であり、それこそが自分が間島と居るときに感じる「恐怖」を打ち消してくれるものなのではないか、それがなければ本当の間島に触れることは出来ないのだと考える。

そして、恋人の元へ帰って行った間島を思い、泣き続けていた夏目を救いだしたのは、塚本美登里だった。この作品において、塚本美登里は重要人物だ。実際に彼女だけ常にフルネームで表記されている。夏目は、塚本美登里の話を聞いていくうちに、塚本の恋愛に自分を重ね、考えていく。愛すれば愛する分だけの憎しみが後から追いかけてくるような感覚や、彼を絶対的につかまえ自分のものにすることが出来ないことに、夏目や塚本美登里は「恐怖」を感じていた。会えば惹かれ、のめりこんでしまうことに気づきながらも自分の感情を止めることができなかったのだ。しかし、夏目は、塚本美登里と絵に対する価値観を言い合うことで、自分には絵を描くことへの熱い思いがあるのだと気付く。間島の作品に心をさらわれたように、画家として自分もそのような作品を描いていかなければならないのだと決意する。

恋愛において感じる「恐怖」は人それぞれだ。相手を自分のものに出来ないという恐怖、相手と離れることや失ったときの恐怖。しかし、この作品の登場人物たちはその「恐怖」と向き合うことで新しい一歩を踏み出そうとしている。主人公の夏目は、間島が自分に与えてくれたものは「恐怖」だけではなく、画家としての向上心だったことに気づく。彼女のように、恋を失ってどんなに傷ついても、自分の夢を握りしめて走り出すことができるのだということを『白いしるし』は、伝えているのである。

（英語科二年）

『白いしるし』――〈せかいのはじまり〉に、〈しるし〉あれ。――原田　桂

印、標、証、験、徴、……これらは、すべて〈しるし〉である。事物や事象を記号や言葉などに置き換え、認識できるような形状に整える。すなわち〈しるし〉とは、〈目に見えない物事を見えるようにする〉（荒又宏『「しるし」の百科』河出書房新社、平6・10）ことである。

『白いしるし』（「小説新潮」平22・4〜6、新潮社、平22・12）の主人公・夏目香織は、絵を描くという行為を通して〈目に見えない物事〉を見た。その〈目に見えない物事〉とは何か。『星の王子さま』（一九四三）のキツネが〈かんじんなことは、目に見えない〉と教えてくれるように、我々の目に見え、認識しうる形で出現している事物や事象は、ほんの僅かに過ぎない。その無数に存在する〈目に見えない〉、しかも〈かんじんなこと〉のなかに、恋といったものもあるのだということを『白いしるし』は見せてくれる。まるで雲間から富士山が晴れやかに姿を現すように。夏目香織が〈自身の言葉を得〉て〈言葉によってみずからを獲得していく過程〉（栗田有起「清潔な欲望―西加奈子『白いしるし』」「波」平23・1）を、恋という〈目に見えない物事〉を通して物語る。しかし、その全身全霊の道程はあまりにも苦しく、辛い。読者も暗闇を彷徨い、手探りで出口の光を求めるのだ。

三十二歳独身、現在恋人ナシの夏目香織は、週五のアルバイトで生計を立てながら、絵を描いている。〈趣味と仕事の間でふわふわと絵と対峙していた〉いというスタンスに相反して、恋愛に対しては〈ふわふわ〉では

いられない体質だった。高校時代には付き合っていた美容師との距離を縮めるべく、自らも彼と同じ青い髪にする。他者との距離を埋めるための手段として同一化を図るのだった。三十歳のとき、同棲までしていた劇団員の浮気に勘付き、〈嫉妬の怪物〉という自己嫌悪に苛まれ、自らを追い込んだ。このように恋愛に関しては、相手に、そして自分に向かう感情に抗うことはできず、その高波に飲まれてしまうのだ。その結果、失恋の残骸を抱えるがゆえに、次第に恋に対して恐怖が先立ち、他者にのめり込む勇気もエネルギーもなくなった。そんな中、友人の写真家・瀬田の紹介で、画家の間島昭史と出会うのだった。

間島昭史の作品は、すべて〈白い地に、白い絵の具〉で描かれていた。白地に白で描く手法はそう珍しくはないだろう。ヨーロッパにおけるコンセプチュアルアートの礎を築いたピエロ・マンゾーニ（一九三三〜一九六三）の「アクローム」と題した白い作品群は有名である。（アーティストの排泄物を缶詰にした資本主義芸術批判の作品のほうがセンセーショナルだが。）また現代では、ミニマルアートの保守であるロバート・ライマン（一九三〇〜）などが、ホワイト・ドローイングによって白という色の可能性を模索している。

間島が描く白い絵もまた、白にただ白というインパクトだけではない。なかでも〈美しい稜線〉が伸びる富士山の絵は、〈絵それ自体で、発光して〉おり〈真っ白な光〉そのものだった。〈色彩の上に色彩を塗り固め〉、〈世界中の色を集めた〉ような絵を描く夏目とは、対極の色彩感覚であった。だが、一瞬で心を奪われると同時に、無条件で間島の絵を好きになる。加えて、間島昭史の容姿は、まさに作品そのものであった。〈綺麗な線〉で引かれたような鼻筋は富士山の〈美しい稜線〉と溶け合い、大きな黒目は白目の白光に浸食されそうな危うさを伴っていた。また、間島の名前〈昭史〉の〈史〉のはらいまで、光を纏う山の稜線を思わせるだろう。思慮深く、奥ゆかしく、真摯な態度、すべてが作品と重なり合う。まさに間島昭史という男は、カギ括弧（『』）の額縁に収められた、作品『間島昭史』であった。夏目は常に、作品である『間島昭史』というフィルターを通して、彼を感じた。それは作中の表記によって示されている。『間島昭史』という表記に統一されているのは、夏目が額縁（『　』）に収められた作品として間島と対しているからである。生身の間島の存在に向き合えたとき、初めて額縁（『　』）が外され、ただの間島昭史という表記になる。

しかし、間島昭史の言動は、作品『間島昭史』とは対極にあった。白ではなく、上から下まで真っ黒な服を着て、飲み物まで黒色のコーラ。そして、煙草の白い煙がきっと体内を黒く蝕むであろう、ひっきりなしのチェーンスモーカー。自身の身体を外からも内からも黒に染めて、〈「自分」という個人の存在や感情を無意識に消してい〉る。まさに〈暗い穴〉のような闇を身体に内包させているのだ。それは果たして、どのような闇なのか？ またなぜ、間島は自身を黒で塗り固めようとするのか？

間島の絵に惹かれると同時に、間島自身に引き寄せられた夏目は、闇を抱えた彼に〈深く立ち入ることへの恐怖〉を抱えながらも肉体関係を持った。『間島昭史』という作品の世界に入り込み、〈こうふく〉と恐怖が混在するなかを迷走する。彼に会いたい、触れたい、伝えたい、という欲求は、彼を失いたくない、彼の生活に触れたくない、という否定との均衡を綱渡りし、どうにもならない〈素朴な欲求〉に突き動かされていく。さらに、男女の属性さえも邪魔になる。夏目は彼の子供が欲しいというよりも、むしろ彼自身を自分の身体を通して産みたいという欲求に駆られる。血を交えていなければ、彼の存在に触れることはできないのだ。血を交える。この濃縮した血の関係が、間島の抱えていた闇だった。すなわち、その闇とはインセストタブーである。〈ほんまに、ほんまに好き〉という妹への抗えない想いと、自分の身体が妹と癒着してしまう自己喪失の恐怖との狭間で、間島も綱渡りをしていたのである。だが、暗闇を行く間島にとって、唯一の光があった。それは、間島の中で唯一の白、指に付いた白の絵の具である。自分をその闇から救ってくれるであろう白い光が、まだ手の中にあるという希望や道標なのだろう。いくら洗っても指に付いた絵の具が取れないと誤魔化す間島だが、意図的に付けていると思えてならない。だから、白を見失ってしまわないように自身を黒で塗り固めるのではないだろうか。半端なグレーでは駄目なのだ。ちなみに白は、チタン、シルバー、ジンクといった様々な種類がある。間島が使用している〈ジンクホワイト〉は、上に重ねた色に剥離や亀裂を生じさせる性質がある。つまり、間島の上に夏目の色を塗ることはできないのである。また、白という色は、一般的に純潔で清浄なものに結び付けられ、白い動物などは神聖視される。一方、白はあらゆる色を飲み込み、無に還元してしまう。同じく無彩色の黒も、あらゆる色を吸収し遮り、そして闇や死を連想させるが、フォーマルで厳粛な色でもある。明度の両極でありながら、共に両義性のある色でもある。間島の白い絵、黒い闇は、まさに両義性の鏡となって彼を映し出していた。夏目もまた、白い『間島昭史』に惹かれ、間島自身の黒に塗り固められた闇を見、自身も闇に落ちる。共に白黒の両極のなかを手探りで生きているのだ。

間島、夏目だけではない。二人を引き合わせた瀬田と、その瀬田に想いを寄せる塚本美登里も、闇を手探りで歩いていた。瀬田は逃げた恋人の猫を飼い、共に死ぬまで待ち続けている。猫は血が繋がったもの同士で増え続け、恋人との繋がりを血の濃さという濃縮した関係に求めている。これは間島の闇に通じるだろう。しかし、闇に身を沈めても、それぞれ一方通行な想いを諦めないのである。〈誰かが誰かを好きになる〉ことは、圧倒的な力に支えられた、一方的欲望であるだろう。それは、夏目の絵を描くことに対する意味にも共通する。何かを発信するのではなく、描くことは一方的で〈素朴な欲求〉であり〈究極のエゴ〉であるという。

唐突だが、同じ夏目でも漱石のほう、夏目漱石「こころ」（大3）の中で、先生が書生である〈私〉にこのように繰り返す。――〈恋は罪悪ですよ、よござんすか。さうして神聖なものですよ〉――先生は背負い続けてきた恋の裏切りを告白することによって、〈妻の記憶〉という〈純白なもの〉に〈暗黒な一点〉を付けてしまうことを恐れた。相手を汚す罪、自己を追い詰める罪が恋の罪悪であり、そういったものに抗うことができない絶対的な力は神聖であると説いた。また、信じるということは、純粋で神聖な想いではあるが、時として信じるがゆえに他者や自己を傷つけてしまう罪もある。まさに夏目香織も間島も、漱石の「こころ」のフレーズを体現するのだ。ただし二人とも、先生のように死を選ぶことはなかった。特に夏目香織は、間島の黒い闇に触れ、自身も闇に落ちるが、その闇から〈純白なもの〉すなわち〈白いしるし〉を自らの手で獲得していくのである。どのように光を見出したのか？　夏目は間島の家から盗んできた白の絵の具〈ジンクホワイト〉を、身体に塗りたくる。間島にまみれるその行為は、彼と二回目の肉体関係を結んだといえるだろう。はじめて間島と関係を持ち、男女の属性を超える繋がりを求めた夏目は、この時はじめて属性を超えたのではないだろうか。それゆえ、作品では相手なく間島という人間を本当に好きだったと認めることができたのである。失恋を重ねてきた夏目にとって、相手の深みにはまるのは怖い。その恐怖から抜け出せない自分の不甲斐なさが、〈何もない自分が怖い〉という恐怖へと変容していったのだろう。しかし夏目は、恐怖を認め自己と向き合うことで、間島に対峙できたのだ。

夏目は本物の富士山を目指して、天下茶屋へ向かう。そして、富士山を目の前にして、まるで絵の具を絞るように身体の底から〈あああああああ！〉と声を上げて泣く。言葉にならない慟哭に聞こえるかもしれないが、〈彼が与えてくれた自由を、私は絶対に忘れない。絵を描こう。絵を、もっともっと描こう〉という、夏目が獲得した自身の言葉なのだ。そして、絵の具の付いた指、すなわち光の道標で富士山をなぞる。――きっと、そんな〈富士には、月見草がよく似合う〉であろう。これは西加奈子版「富嶽百景」かもしれない。太宰治「富嶽百景」（昭14）の主人公は、実生活や創作に対する〈思いをあらたにする覚悟〉で御坂峠の天下茶屋に赴き、常にそこにある富士を通して自己との対峙を図る。雲がかかった富士山の頂上であろう〈一点にしるしをつけ〉るが、雲が切れてみると頂上は倍も高い。富士山の〈完全のたのもしさに〉〈げらげら笑〉うのだ。泣くのと笑うのでは両極だが、富士山の〈完全のたのもしさ〉に感情を委ね、さらに絶対的存在に願うのである。〈瀬田の想いが、塚本美登里の想いが、間島昭史の、私の想いが、どうか救われますように〉と。〈富士にたのもう〉、〈おい、こいつらを、よろしく頼むぜ〉、遊女も〈ついでに頼みます〉と。富士山は微動だにせず、そこにある。無に還元してしまう無彩色の白でも、彩色が無ではなく、そこに色として存在するのだ。それを『間島昭史』は教えてくれた。〈何もない自分〉ではなく、まだ何色にも塗っていない自分だったのである。

間島はインセストタブーの闇からの救済と浄化を、光という〈しるし〉に託した。夏目も彼の闇に触れることで、自己の闇や恐怖と対峙し、彼の光の〈しるし〉によって自己を確立していく。そしてその〈しるし〉によって〈生きたいという欲望〉が照らし出されたのだろう。――旧約聖書の「創世記」、すなわち〈せかいのはじまり〉で、天地を創造した神の第一声は〈光あれ〉であった。夏目の肩には〈せかいのはじまり〉という刺青がある。その刺青は、決して過去の恋の残骸ではなく、自ら築いた〈目に見えない〉〈かんじんなこと〉だったのだ。『間島昭史』が放った光によって、夏目香織の〈せかい〉が〈はじま〉ったのである。

『白いしるし』の装丁には、白い絵の具を指でなぞったかのような〈白いしるし〉が付けられている。カンバス地柄の紙に、少し厚みのある絵の具の質感が再現され、そっと指でなぞりたくなるだろう。この本を読み終えた読者は、本を閉じて現実の世界に帰るとき、その〈しるし〉を指でなぞりながら、自身の光を見出すに違いない。

（本学非常勤講師、日本近現代文学）

西 加奈子 主要参考文献

新山志保・山森広菜

雑誌特集

「作家・西加奈子 漂泊の行方」（「パピルス」07・2）
「「きりこについて」刊行記念 総力特集 西加奈子について」（「野性時代」09・6）

書評・解説・その他

吉田伸子 「〈文春図書館〉ミキが子犬を抱くとピンクの花びらが舞い落ちた 西加奈子『さくら』」（「週刊文春」05・3・31）
佐藤由紀 「〈この人に聞く〉『さくら』西加奈子さん ずっと変わらないもの」（「毎日新聞」05・4・11）
瀧 晴巳 「〈ダ・ヴィンチ ほりだし本〉『さくら』西加奈子」（「ダ・ヴィンチ」05・5）
――「書いた本、読んだ本 西加奈子『さくら』小学館」（「日経ウーマン」05・6）
――「Shortcuts 西加奈子」（「Sabra」05・6）
――「〈WHOSE DESK?〉デビュー2作で早くもブレイク 全国書店員もプッシュする新人作家 西加奈子氏」（「編集会議」05・9）
――「作家の上京物語 作家と東京の関係を垣間見る 西加奈子」（「ダ・ヴィンチ」05・12）
高野健一 「〈ミュージック ダ・ヴィンチ〉西加奈子『さくら』小学館」（「ダ・ヴィンチ」06・2）
――「〈ブックカフェST〉作家西加奈子さんの職場訪問」（「Seventeen」06・3）
――「〈Books〉著者インタビュー 西加奈子『きいろいゾウ』」（「an・an」06・3・8）
岡崎武志 「〈サンデーらいぶらりい〉著者インタビュー 西加奈子「『きいろいゾウ』」（「サンデー毎日」06・3・26）
――「〈創作の現場195〉西加奈子」（「新刊展望」06・4）
瀧 晴巳 「〈ダ・ヴィンチ セレクト〉西加奈子」（「ダ・ヴィンチ」06・5）
瀧井朝世 「〈Books CREA REVIEW〉若い夫婦の、幸福な田舎暮らし。「きいろいゾウ」西加奈子」（「CREA」06・5）
多賀幹子 「〈今月の書評②〉『きいろいゾウ』西加奈子」（「潮」06・6）
――「〈今月の話題人〉西加奈子『きいろいゾウ』」（「日

経エンタテインメント」06・6）

――「女性が元気？　ちっちゃい愛の積み重ねを書いていきたい」（「本の窓」06・6）

――「〈恋するカルパラ〉西加奈子『きいろいゾウ』で夫婦の愛に涙　注目作家の新作は、スローで深い愛の物語」（「non・no」06・6）

歌代幸子「〈この人に会いたくて〉西加奈子さん　どんなときも、変わらずに流れる「日常」を描いて」（「清流」06・7）

――「あなたに届け、ブックギフト　大切な人に、この本を贈ります　西加奈子」（「フィガロ・ジャンポン」06・8）

――「〈BOOK〉小説『きいろいゾウ』から誕生した絵本」（「OZ magazine」06・8・7）

――「〈BOOK interview〉西加奈子さん　日常の中で生きる勇気が湧いてくる、「きいろいゾウ」の物語　西加奈子『きいろいゾウ』集英社」（「pumpkin」06・9）

――「Ｂｉｒｔｈ Ｐｌａｃｅ　東京・渋谷　西加奈子」（「パピルス」06・10）

西加奈子他「創刊!?　関西ダ・ヴィンチ〝あほあほ〟関西弁のちょっぴり真面目対談」（「ダ・ヴィンチ」06・11）

――「猫は好きですか？」（「野性時代」06・11）

――「〈interview〉西加奈子　疾走する作家が愛する街」（「IN POCKET」06・12）

――「〈ブックインタビュー〉西加奈子『通天閣』」（「東京ウォーカー」06・12）

――「西加奈子　疾走する作家が愛する街　※デビューに至った経緯、生まれは「イラン」、田舎暮らしは苦手、プロレスファンとして思うこと」（「IN・POCKET」06・12）

榎本正樹「〈新刊小説　Review & Interview〉物語を探しに58　西加奈子『通天閣』」（「小説現代」07・1）

青木千恵「〈著者との60分〉『通天閣』の西加奈子さん」（「新刊ニュース」07・1）

大寺　明「〈ヒットの予感〉『通天閣』西加奈子」（「ダ・ヴィンチ」07・1）

――「〈ｂｏｏｋ〉私の書いた本『通天閣』筑摩書房著・西加奈子」（「婦人公論」07・1）

平林理恵「〈カルチャー HOTNEWS BOOK〉西加奈子さん『通天閣』」（「ESSE」07・2）

友清　哲「〈話題の著者に聞く10〉西加奈子『通天閣』――あの頃の自分を励ますために書きました」（「文蔵」

07・2）
――「現地報告・日中青年作家会議　鳥になった少女　※章元の小説「背日葵（ひまわり）」」（「文学界」07・3）
小山田桐子「〈What's Up in TOKYO BOOK〉作家・西加奈子さんの仕事部屋を公開。本と猫タワーに囲まれて執筆活動中!!」（「Hanako」07・5）
斎藤美奈子「〈文芸予報112〉『しずく』」（「週刊朝日」07・5・25）
山崎ナオコーラ「「ワキ剃ってないねん」って言っちゃうのか！　だが、そこが芸術の仕事ににつかわしいのだ」（『あおい』小学館、07・6）
西加奈子・白井恵美子・山内直子ほか「光文社の本から西加奈子『しずく』刊行記念座談会」（「本が好き！」07・6）
細谷あつ子「〈TORICO BOOK〉しずく　西加奈子」（「オレンジページ」07・6）
亀和田武「〈新刊 Book Guide〉著者に会ってきました　西加奈子」（「小説宝石」07・6）
瀧　晴巳「〈ヒットの予感〉『しずく』西加奈子　友達に贈るみたいな気持ちで書きました。」（「ダ・ヴィンチ」07・6）
吉田伸子「〈Book Review〉西加奈子『しずく』〝文どうし〟のかかわりの様々をほわほわ、ぬくぬく彫り上げた心に響く珠玉の6篇」（「週刊現代」07・6・2）
塚田有香「〈話題のエンタBOOK〉西加奈子さん『あなたは変われるはず』なんてことはいいたくない。『今のままでええんちゃう？』みたいなノリを忘れたくないな」（「週刊女性」07・6・12）
――「〈b o o k　t r e k〉著者インタビュー　西加奈子『しずく』光文社」（「別冊文芸春秋」07・7）
名越康文「〈BOOK〉いま話題の小説を、精神科医の名越康文さんに読んでいただきました　西加奈子『しずく』他」（「FRaU」07・7）
――「〈BOOK1 novels〉・著者インタビュー『しずく』西加奈子著　読むことで、身近な人を愛しく感じられそうなハートフル」（「STORY」07・7）
――「〈ススメ女子道！　1回〉険しき女道を進むための必読お助け本　西加奈子『しずく』他」（「パピルス」07・8）
松田哲夫「解説」（『さくら』小学館文庫、07・12）
――「特集　作家になる道　・インタビュー　生理痛みたいにしんどいけれど」（「小説新潮」07・12）
西加奈子・梅佳代「対談　西加奈子、梅佳代　爆笑

本の舞台裏」（「新刊展望」07・12）
西村晋弥「〈ミュージック　ダ・ヴィンチ〉『きいろいゾウ』西加奈子」（「ダ・ヴィンチ」07・12）
岡田芳枝「この小説の書き方がすごい！　ドストエフスキー×西加奈子」（「ダ・ヴィンチ」08・2）
岡崎武志「解説」（『きいろいゾウ』小学館、08・3）
河村道子「〈ヒットの予感〉西加奈子『こうふく　みどりの』『こうふく　あかの』西加奈子」（「ダ・ヴィンチ」08・4）
橋本紀子「〈Post Book Review〉西加奈子『こうふく　みどりの』『こうふく　あかの』」（「週刊ポスト」08・4・11）
石井千湖「〈話題のエンタBOOK〉新刊『こうふく　みどりの』が話題　西加奈子さん」（「週刊女性」08・4・22）
川本三郎「〈平成百色眼鏡　見たり読んだり〉和田秀樹監督『受験のシンデレラ』西加奈子著『こうふく　みどりの』」（「SAPIO」08・4・23）
——「〈書いた本、読んだ本〉西加奈子『こうふく　みどりの』『こうふく　あかの』」（「日経ウーマン」08・5）
浅野智哉「作家ファイル　1998〜2008　作家ファイル　西加奈子」（「文藝」08・5）
——「〈Books　著者インタビュー〉西加奈子『こうふく　みどりの』『こうふく　あかの』場所も時代も異なる〝生〟を描き、やがて繋がってゆく著者渾身の2冊」（「an・an」08・5・21）
涸沢純平「〈BOOK REVIEW　今月お薦めの一冊〉西加奈子『通天閣』」（「大阪人」08・7）
松田哲夫「漆黒の闇に輝く仕掛け花火のように　西加奈子『窓の魚』」（「波」08・7）
中島たい子・西加奈子「私たちの中の諦念と希望」（「Grazia」08・8）
タカザワケンジ・西加奈子「〈特集青春の貧乏ライフ〉西加奈子の原点」（「野性時代」08・8）
——「08年、ますます進化し続ける注目の女性作家」（「an・an」08・10）
——「本好きを魅了する関西人作家たち　今読むなら〝関西人による小説〟です！　人気の関西出身作家にインタビュー　西加奈子さん」（「Hanako WEST」08・10）
西加奈子・ミムラ・坂崎千春「絵本からの贈り物　オトナと絵本のいい関係」（「パピルス」08・12）
山崎ナオコーラ・西加奈子「山崎ナオコーラ×西加

奈子「てらいがない」に辿り着くまで」（「パピルス」09・4）

――「西加奈子『うつくしい人』幻冬舎　うつくしくない人がどこにも」（「パピルス」09・4）

――「物語に寄り添う一杯　文系女子のためのお酒入門　Essay 体質でしょうか」（「野性時代」09・4）

瀧井朝世「10冊目の小説『きりこについて』刊行にあたって　西加奈子　この子がぶすって何？　一体誰が決めたん？」（「本の旅人」09・5）

吉田大助「〈今月のBOOKMARK〉書くことでしんどさを乗り越える―初めて経験する喜びでした　西加奈子『うつくしい人』『きりこについて』」（「ダ・ヴィンチ」09・6）

三浦天紗子「〈BOOKS〉著者インタビュー　西加奈子『きりこについて』ありのままの自分を愛する大切さを描く、大人のための寓話。」（「an・an」09・6）

――「〈BOOKS〉著者インタビュー　西加奈子　新著『うつくしい人』」（「CLASSY」09・6）

品川裕香「〈BOOKS HOTEL〉『きりこについて』西加奈子」（「女性自身」09・6・9）

――「〈ナナ氏の書評　第35回〉『きりこについて』西加奈子著」（「週刊現代」09・6・13）

――「〈文庫ダ・ヴィンチ〉女が読む太宰、作家が読む太宰　西加奈子」（「ダ・ヴィンチ」09・7）

――「物語のかけらを探して。散歩のすすめ　エッセイ「私の散歩道」散歩の魔王」（「野性時代」09・7）

――「〈女のスパイシーシネマ26回〉西加奈子　強烈な映像美に、家族を愛してると気づかされ生きているのだと実感する」（「FRaU」09・7）

川本三郎「〈百色眼鏡　見たり読んだり〉・坪田義史監督『美代子阿佐ヶ谷気分』・西加奈子著『きりこについて』」（「SAPIO」09・7）

清原康正「〈新世紀文学館〉猫の小説　西加奈子『きりこについて』ほか」（「新刊展望」09・8）

藤田香織「〈ススメ女子道！　13回〉乙一・チェルシー舞花・千早茜・坂崎千春・西加奈子他」（「パピルス」09・8）

北上次郎「〈ファミリー図書館〉自分が選ばなかった人生、息子が選んでゆく人生」（「プレジデント・ファミリー」09・8）

角田光代「〈サンデーらいぶらりい　読書の部屋〉西加奈子『ミッキーたくまし』」（「サンデー毎日」09・8・9）

――「読書の時間をもう少し　山崎ナオコーラ×西

加奈子　仲いい二人の本のはなし」（「FRaU」09・9）
——「〈BOOKS〉著者インタビュー　西加奈子『きりこについて』角川書店　ありのままの自分を愛する大切さを描く」（「an・an」09・10）
角田光代・島本理生・西加奈子　「食小説特集　女性作家が語る、食×文学の複雑な妙味」（「パピルス」09・12）
津村記久子　「解説　『通天閣』の魔法」（『通天閣』筑摩文庫、09・12）
せきしろ「解説」（『しずく』光文社文庫、10・1）
西加奈子・山口隆　「サンボマスター山口隆の太陽なんかむかつくぜ　恋愛予備校三浪目　4回　西加奈子さんとエプソン品川アクアスタジアムでデートの巻」（「パピルス」10・2）
——「本とマンガ　人気作家&漫画家5人の、リアルな執筆生活・密着ルポ。西加奈子さん」（「an・an」10・3）
又吉直樹　「〈今月の新刊〉軽妙な言葉の連なりが導く奇想天外な世界　西加奈子『炎上する君』角川書店」（「本の旅人」10・5）
河村道子　「〈今月のBOOKMARK〉「好きなように書いた」脳みそから生れた短編集『炎上する君』西加奈子」（「ダ・ヴィンチ」10・6）
——「〈角川書店の本〉西加奈子『炎上する君』」（「野性時代」10・6）
——「作家の愛したマンガ　アンケート　小説はマンガにここがかなわない」（「野性時代」10・6）
——「〈週末エンタメ　BOOK〉西加奈子『炎上する君』」（「an・an」10・6）
細谷あつ子　「〈TORICO BOOK〉西加奈子『炎上する君』」（「オレンジページ」10・7）
浅野祐子　「〈著者に聞く〉西加奈子さん　『炎上する君』」（「清流」10・7）
鏡リュウジ・西加奈子　「あなたの運勢　２０１０年後半　対談　まだ見ぬ未来を楽しむヒント」（「PHPスペシャル」10・7）
南寿律子　「〈心のコリは読んでほぐせ！　BOOKクリニック〉今月の担当医　西加奈子さん　今月の処方箋『炎上する君』」（「With」10・7）
——「気持ちよく、働く！　能あるオンナの仕事7つ道具　西加奈子さんの一日から見つけた、仕事の「相棒」道具たち」（「FRaU」10・11）
中村文則　「解説」（『窓の魚』新潮文庫、11・1）

（英語科二年）

西 加奈子　年譜

新山志保・山森広菜

一九七七（昭和五十二）**年**

五月七日、イラン・テヘランの「イランメールホスピタル」で生まれる。父、母、兄の四人家族。兄だけ二重で、後は、みんなものすごい一重だった。

一九七九（昭和五十四）**年**　**二歳**

ホメイニのイラン革命が起き、日本に帰国。幼少期を、大阪の堺市高倉台で過ごす。このころに、第一次モテ期を迎える。幼稚園の頃、従兄弟が西加奈子のドッペルゲンガーを見る。このことは、〈世界の謎と不思議に挑戦する〉雑誌、「ムー」を愛読することにつながる。

一九八四（昭和五十九）**年**　**七歳**

小学校へ入学。小一の夏からエジプト・カイロへ。日本人が多く住む高級住宅街、ゲジラ（ナイル川に浮かぶ島）で暮らす。小学校はひとつのフラットを改造したもので、一クラス五人から十人で授業は日本語。両親はパーティーのために多忙でほとんど家にいなかった。自由と寂しさを感じ、自分の存在に思いを巡らす。お手伝いさんのゼイナブの元へよく遊びに行き、相手をしてもらっていた。独り寂しいときに、「自分で自分を抱きしめてあげる」という術を学ぶ。お兄ちゃんに「僕のこと話して」とせがまれ、小さいときの話を脚色して話していた。

一九八八（昭和六十三）**年**　**十一歳**

小学校五年のときに帰国。大阪の堺市南区泉北ニュータウンで暮らす。何百人もの生徒のグループ行動を目の当たりにし、カルチャーショックを受ける。

一九九〇（平成二）**年**　**十三歳**

中学校入学。仲良し四人組のみんなが入るからと音楽部に入った。部長になった。B'zがはやる中、GUYやニュージャックスイングなどを好んで聴いていた。父が貸してくれた、遠藤周作に感動。はじめてファンレターを送るが、遠藤は逝去した時期だった。

一九九三（平成五）**年**　**十六歳**

高校入学。セーラー服をめあてに、大阪府立泉陽高校に。初彼氏ができる。三年間水泳部のマネージャーを務める。絵を描いては友達や彼にあげるようになる。

一九九四（平成六）**年**　**十七歳**

高校二年の時、装丁に惹かれ、トニ・モリスン『青い眼がほしい』を購入。読書観を変える、衝撃の一冊となる。毎日読み続け、授業中に一節を書き記す。

一九九六（平成八）**年　　十九歳**

関西大学法学部入学。本当は、映画の字幕の仕事をするため英文科志望だったが、兄に説得され、法学部へ入学。映画サークルに入り、自分で監督・脚本、八ミリで映画を撮る。学生プロレス観戦にもハマる。パセリ☆サエキというレスラーのストーカー的なファンになる。京極夏彦を読み漁るようになる。

一九九九（平成九）**年　　二十歳**

就職活動時期だったが、やる気なく過ごしていた。

二〇〇〇（平成十二）**年　　二十三歳**

大学卒業。ひとり暮らしを始める。ライターのアルバイトをする。貧乏だったが、通天閣だけは六百円払って登っていた。このときに通っていた、新今宮の朝市（別名・泥棒市）で、いろんなおっさんに声をかけられ、第二期モテ期を使い果たす。

二〇〇一（平成十三）**年　　二十四歳**

友達のカフェ（「lama」）を手伝う（約一年間）。エリアが悪いため若者は来ず、客は中年男性ばかり。夜は北新地のスナックでチーフのバイトをする。その後何回か店を移り、ミナミのスナック（「Gブルー」）で働く。耳が大きさから「ミッキー」と呼ばれる。この年から二年間、四天王寺のそばに住む。

二〇〇二（平成十四）**年　　二十五歳**

ライターの仕事は、取材が苦手だったため、辞める。カフェの店番をしながら小説を書き始める。初めて書いたのが、一月から十二月まで、月ごとの短編。知り合いの編集長に見せると、「半年貯めたら、もっといいものが書ける」と言われ、半年間考える。

二〇〇三（平成十五）**年　　二十六歳**

誕生日（五月七日）からの一ヶ月で小説（「あおい」）を書きあげる。初めて脳みその中の事をちゃんと書いた感じを体験する。早朝はテレアポのバイトをし、ほとんど寝られない日々。親には「東京でライターとして呼ばれた」と嘘をつき、八月、「あおい」の原稿を持って上京。彼氏を誘うが「行かへん」と言われ、一人で。桜上水に住む。電気、ガス、水道、トイレすべて故障の最低の状態。寂しさのあまり、沖縄の友達の家に一ヶ月逃げる。渋谷のレゲエバー「ラヴァーズロック」でバイトを始める（三時まで働き、始発に乗り六時帰宅、七時就寝、十二時起床、四時まで書く日々）。テレビは買わず、書く中心の生活を送る。渋谷のセルリアンタワーで小学館編集者、石川和男に会う。一ヶ月もしないうちに出版が決まる。

二〇〇四（平成十六）**年　二十七歳**

五月、『あおい』（小学館）刊行。本屋大賞ノミネート。「王様のブランチ」（ＴＢＳ）ブランチＢＯＯＫ大賞新人賞受賞。

二〇〇五（平成十七）**年　二十八歳**

五月、『さくら』（小学館）刊行。九月ごろ、主に猫をだらだらと触ることを中心とした、退屈な日々を過ごす。時間を有効活用すべく、自動車教習所に通う。

二〇〇六（平成十八）**年　二十九歳**

一月、「Webちくま」にて「ミッキーかしまし」連載開始。二月、『きいろいゾウ』（小学館）刊行。専業作家になる。三月、『きいろいゾウ』刊行を記念して初めてのサイン会。四月、「ランドセル」（「小説宝石」4）発表。六月、「灰皿」（「小説宝石」6）発表。七月、『絵本きいろいゾウ』（小学館）刊行。八月、「小鳥」（『嘘つき。やさしい嘘十話』メディアファクトリー）刊行。「木蓮」（「小説宝石」8）発表。十月、「影」（「小説宝石」10）発表。十一月、『通天閣』（筑摩書房）刊行。十二月、「シャワーキャップ」（「小説宝石」12）発表。北京で開かれた日中青年作家会議に招かれ、同世代の作家と出会い、親交を深める。

二〇〇七（平成十九）**年　三十歳**

一月、日本元気プロジェクト、カンサイスーパーショー「太陽の船」に行き、衝撃的な経験をする。四月、『しずく』（光文社）刊行。五月、ジムに通い始めるが、一ヶ月も経たぬ内に飽きる。十月、『ミッキーかしまし』（筑摩書房）刊行。十一月、『通天閣』（筑摩書房）刊行。猫七匹と暮らす。

二〇〇八（平成二十）**年　三十一歳**

一月、『通天閣』で織田作之助賞受賞。「an an」で、せきしろと「短歌上等！」連載開始。三月、『こうふく　みどりの』『こうふく　あかの』（小学館）刊行。六月、『窓の魚』（新潮社）刊行。「ごはんぐるり」（「きょうの料理」10）連載開始。十一月、「太陽の上」（「野生時代」11）発表。

二〇〇九（平成二十一）**年　三十二歳**

二月、『うつくしい人』（幻冬舎）刊行。五月、「小鳥」（新潮社編集部編『眠れなくなる夢十夜』新潮社）発表。六月、『ミッキーたくまし』（筑摩書房）刊行。「舟の街」（「野生時代」6）発表。七月十四日、「知る楽　女《わたし》が愛した作家　太宰治」（ＮＨＫ教育）で太宰治について語る。十月、「空を待つ」（「野生時代」10）発表、十一月二十六日、公式ホームページ開設。十二月、「猿に会う」（『東と西1』小学館）、「甘い果実」（「野生時代」12）発表。「地下の鳩」（「オール讀物」12）発表。エッセイ「泥棒野郎共、生きろ」（「真夜中」・early winter）発表。

二〇一〇（平成二十二）年　三十三歳

二月、「炎上する君」（「野生時代」2）発表。十四日、二十一日、「NG」（Inter FM）にゲスト出演。三月十三日、神戸・フェリシモホールにて、「神戸学校」登壇。「私のお尻」（「野生時代」3）発表。四月、「トロフィー」（『スタートライン　始まりをめぐる19の物語』幻冬舎）、「トロフィーワイフ」（「野生時代」4）発表。四月十八日、渋谷・虎子食堂にて、自らのイラストの個展開催。四月、『炎上する君』（角川書店）刊行。五月、「ぐるぐるに巻かれ」（「すばる」5）発表。「ダ・ヴィンチ」で、エッセイ「合流注意」連載開始。六月十二日、池袋ジュンク堂にて、こだま和文『空をあおいで』出版記念イベントのトーク・セッションにゲスト出演。十八日、青山ブックセンターにて、コンドルズの石渕聡・勝山康晴のアコースティックライブ&トークショウにゲスト出演。七月、「Feel Love」ムックにて島本理生に関するエッセイを発表。八月、『ここだけの女の話』（田辺聖子・新潮文庫）の解説を担当。映画「トイレット」（8・28）にコメントを寄せる。九月、「別冊文芸春秋」にて、「円卓」連載開始。二十四日から十月五日にかけて、ニューヨークへ。トニ・モリスンのトーク・ショウへ行き、姿を見た途端に号泣する。十月、『ダイオウイカは知らないでしょう』（マガジンハウス）刊行。十一月、「立夏」（「asta」11）発表。「泣く女」（「STORY BOX JAPAN 青森へ」11）発表。十一月、映画「最低」（今泉力哉）DVDにコメントをよせる。十九日、立教女学院短期大学「日本近代文学セミナー」の研究発表会に参加する。十二月、『さよならの余熱』（加藤千恵・集英社文庫）の解説を担当。『白いしるし』（新潮社）刊行。引越しをする。二十日、人間ドックへ行く。

二〇一一（平成二十三）年　三十四歳

一月、「芸術新潮」にて、「ミュージック三昧」連載開始。一月一日、『窓の魚』（新潮文庫）刊行。三月『円卓』（文芸春秋）刊行。

付記：作成にあたり主に以下を参照しました。『ミッキーかしまし』（筑摩書房、07・10）、「西加奈子　バイオグラフィー」（「屋生時代」09・6）、『ミッキーたくまし』（筑摩書房、09・6）、西加奈子オフィシャルサイト（http：//www.nishikanako.com/）

（英語科二年）

あとがき

本書は、「はじめに」で述べたように、授業の企画から始まったものです。作家本人の前で、その作品世界の解釈を発表するという大胆な企画です。どの作家をお呼びするか、どの作品を選ぶか、夏の合宿も行い議論しました。三カ月をかけて準備をし、『きいろいゾウ』の世界を模造紙四枚で表しました（紙粘土できいろいゾウと灰色のゾウも作りました）。日常に溢れた、そして色彩に溢れた作品世界を言葉だけでなく絵でも表したいと考えたからです（カラーでお見せできないのが少し残念）。『きいろいゾウ』をセミナー受講生みんなで考えた時間は、とても〈こうふく〉でした。

そして、それは〈恐怖〉でもありました。西加奈子さんの作品は、世界と〈つながる〉ことの〈恐怖〉と〈こうふく〉を描いているように思います。一つの世界に深く関わることは、そしてそれを発信していくことは、自分と向き合う辛い時間でもあるはずです。しかし、そこから、やはり〈こうふく〉は生れるのでしょう。

この発表の〈こうふく〉から、さらに西加奈子作品を知りたい、セミナー以外の人にもその〈こうふく〉を届けたいという想いから、すでに学生主体の企画で出されていた『現代女性作家読本別巻』の②として「西加奈子」を出版することができないか、鼎書房にお願いし、実現することができました。

また、短い期間に、出版にこぎつけたのは、執筆していない先生方の協力のおかげでもあります。見えない様々な〈つながり〉の一つの形として本書はあります。

授業に参加してくださり、学生の質問にも心よく答えてくれた西加奈子さん、ありがとうございました。また、今回の企画を快く承諾してくださった鼎書房の加曾利達孝氏に心から感謝いたします。

（髙根沢紀子）

現代女性作家読本　別巻2
西　加奈子

発　行——二〇一一年三月三〇日
編　者——立教女学院短期大学
発行者——加曽利達孝
発行所——鼎　書　房　http://www.kanae-shobo.com
〒132-0031　東京都江戸川区松島二-一七-二
TEL・FAX　〇三-三六五四-一〇六四
印刷所——イイジマ・互恵
製本所——エ　イ　ワ

表紙装幀——しまうまデザイン

ISBN978-4-907846-81-7　C0095